夏洛克"旧宅"
之空屋悬案

夏洛克学会编

责任编辑：史蒂夫·埃姆斯

译者：郑冰寒、肖博文、肖笛、李慧婷

Paperback ISBN   9781780924700

ePub ISBN   9781780924717

PDF ISBN   9781780924724

Published in the UK by MX Publishing

335 Princess Park Manor, Royal Drive,

London, N11 3GX

www.mxpublishing.com

Cover design by www.sherlockology.com

目录

译者序

关于本书

安德萧柯南·道尔故居保护基金会

安德萧简史

永存人间的，是给我们的颂言

支持者

故事和诗歌

安德萧

查理·米尔沃顿一案

蓝色水晶瓶一案

最后一次静默的谈话

丝绸阳伞案

消遣

疯上校的冒险

"走在环形路上"
一切的开始

法罗街婚介所一案

最伟大的侦探
黑羽毛的历险

贝克街 221 号 B 之故居伤怀

医生与疯子

即兴上演的高空坠落

放手一搏

物超所值的侦探

盲人小提琴家

恒定的初次邂逅

让他安息

最黑暗的夜

开往伦敦的列车

月亮号爆炸案

风中之尘

传家宝失窃之谜

绿皮手套的主人

被毁之书之谜

谋杀案

玩具娃娃与其制造者

军事机构里的鬼魂

二号斗篷党迷案

网络链接与谢辞

译者序

1893 年，在柯南•道尔爵士笔下，福尔摩斯与宿敌莫里亚蒂双双坠入莱辛巴赫瀑布，葬身谷底。十年后，在福迷的不满情绪和抗议呼声中，这位神探在一间空屋奇迹归来，满血复活，站在了华生的面前，回到了读者的心中。真正不朽的文学、真正鲜活的人物在作者煞笔那一刻，迎来的往往不是终结，而是新的起点。福尔摩斯的生命因此已不再属于作者，他在一次次的阅读经历中充实，在一份份的景仰崇拜中具化，世代流传的积淀将他雕凿出不同的面貌与形象。只要他在读者的记忆中还存活一天，他的故事便注定延续永远。一个多世纪以来，多少蠢蠢欲动的作家在勾画着这位鹰钩鼻、高颧骨的推理名家；多少跃跃欲试的演员在诠释着这位冷酷理智又不乏真情的咨询侦探。他的生命长度不受制于某个时代，他的游历足迹更不拘泥于某个国家。福尔摩斯已不仅仅是虚构的文学人物，而是智慧的符号，科学的化身，真理的象征，承载着人们对英雄的向往，对正义的追求。他深得人心的形象映照着世界各个民族、历史不同时代的期盼和憧憬，虽无血肉之躯，其生命力量却能不朽永存。

津津乐道于英雄故事的同时，我们不该遗忘赋予他敏捷身手、超群智商和乖戾性情的大作家柯南•道尔爵士，也不该忽视曾经见证英雄归来的柯南•道尔故居——安德萧。往日那充满荣光的文思生发之地，如今却似《归来记》中的空屋，荒芜一片，满目萧然。正如故事中的空屋，它也静静等待着复活振兴的命运，而这次在旧宅创造奇迹的妙笔便落在了千千万万福迷的手中。作者曾经在这里将福尔摩斯交还给了读者，今天轮到读者濡墨下笔，为他保留故居的过去，续写老宅的未来。安德萧不是一幢失去主人的空屋，它是记录世界文学的恢宏遗产，是夏洛克隽永传奇有形的依归，是全球福迷记忆、想象与牵挂的寄托。柯南•道尔亲手设计的安德萧凝聚着他的生活点滴，是砖瓦砌成的故事，伸手可触的历史，满载着大英帝国的民族情怀，述说着世界文学的辉煌一页。

不到一个月的征文活动收到了四百多份来自世界各地的踊跃投稿，得以及时编印成册，在高等法院否决地产开发商规划的裁定中发挥了重要作用。福迷们再一次用聚腋成裘、聚沙成塔的努力，证明了正义的力量，文字的分量和文学的重量。曾经的福尔摩斯系列小说被译为六十多种语言，跨越国界掀起了全球范围的演绎推理热潮；今天的《空屋悬案》已被译为德语、法语、西班牙语、汉语等八种语言，而拯救安德萧无疑需要全球读者的热情声援。本书翻译团队在此也抱着保护故居、拯救故居的迫切心情，于短短数月译就此书，号召华语读者和华人福迷投身于这项拯救世界文学遗产的运动中来。

由于征文作品题材广泛，设置的时代背景和故事情境也各不相同，翻译过程中我们尽量体现不同的理解与创新。譬如，《恒定的初次邂逅》一文便描述了科幻小说恒久不变的主题：科技与人性的冲突与统一。文中的华生融合了人工智能和血肉之躯的双重特性，既有执行指令时麻木机械的一面，又拥有生命记忆并能体会信任和友情，因此翻译时译者也会选用对比色彩强烈的词语来表现这种矛盾。一方面，译者在处理此文时更多地贴近英语文法，使用了较多的连接词以增强叙述语气的异化和疏离效果；另一方面，每当涉及描述华生与福尔摩斯的友谊，译者又特意穿插文学性较强的词语，如用"挚友"、"邂逅"、"消逝"来替代较为平淡直接的"朋友"、"见面"和"消失"。某种程度上，这是一种补偿翻译技巧，因为文中关键词 constant 在英文中拥有双重意味，其名词形式表示数学术语"常数"和"恒量"，形容词形式则可代表"恒久不变"和"坚定不移"；然而译成中文时只能保留其一，因此需要在别处增强感情色彩以弥补被舍弃的另一层含义。

此外，不同作者的语言风格也不尽相同，译者当尽量保留每篇的行文特色，营造不同的阅读氛围。例如，《最黑暗的夜》原文注重细腻的心理描写，某些段落近似抒情散文，译者翻译时会在恰当的地方增加修辞手法以体现情感的抒发。如原文"意识到死亡即将来临"（the realisation of my impending death）被译为"听到死亡临近的脚步"；"雨声混杂在远方传来的枪声中"（The sound of the rain was indistinguishable from the sound of the bullets in the distance）译成"雨点的声响和远方枪林弹雨的呼啸汇为一曲"。相比之下，《开往伦敦的列车》一文则主要采用讽刺调侃的笔调，因此译者选用"节骨眼"、"稀罕"等口语化的表达，以趋近简明而活泼的语言效果。然而最终，正如金圣华教授所言，译作难免由作者与译者的风格杂糅而成，因此字里行间也处处可见译者自己的合理解读和风格再现。

当然，此类仿写或续写作品的最终使命在于唤起读者对原著的记忆。为了突出表现那些早已深入人心的人物，译者反复斟酌文中的对话语言和表情描写，力图再现原著人物的形象和气质，以趋近朱生豪先生所谓的"保持原作之神韵"。本书由郑冰寒博士领衔的杜伦大学翻译团队执笔翻译，感谢责任编辑埃姆斯先生委以此光荣使命，感谢著名汉学家司马麟先生在翻译征途中的倾力相助。然译途遥遥，永无止境，加上时间仓促，译著错讹之处在所难免，还望广大读者海涵。

关于本书

起初创建夏洛克学会，只是出于对风靡一时的 BBC 三集迷你剧《神探夏洛克》的钟爱。该剧由天才编剧史蒂芬•莫法特和马克•加蒂斯联合创作。会员们对于这位空前伟大的小说侦探早有关注，基于先前的综艺演绎和经典原作，每个人心中都有一个不同的福尔摩斯。然而随着时间的推移，我们如同"爱丽丝梦游奇境记"，开始顺着那个兔子洞，探索起阿瑟•柯南•道尔爵士和夏洛克•福尔摩斯的神秘世界。

在探索过程中我们发现，夏洛克•福尔摩斯是独一无二的人物。他既非简单地生活在小说的一行一页，也不仅仅因许多演员的演绎具有了生命。他是一个会呼吸、活生生的人。不管什么年代，你越熟悉他的故事，他的形象就会越真切地出现在你的生活中。夏洛克•福尔摩斯、约翰•华生医生、赫德森太太、迈克罗夫特•福尔摩斯，以及柯南•道尔所塑造的其他角色，已经远远超越了一位天才作者虚构的故事本身。这些角色对于我们，我们的前人和后人，都是相伴一生的朋友。

如果没有柯南•道尔对上述人物的引介，文学的历史和我们的想象力都会枯燥乏味很多。他为我们塑造了独一无二的英雄，一个值得信任的人物。即便为此，我们至少应该给予的回馈是：确保塑造了英雄的作者能够留给后人一份遗产。只有这样，我们的后人才能和我们一样，体会到邂逅福尔摩斯的喜悦。

这份遗产不仅仅是经典的作品，还包括故居安德萧的砖墙和泥灰。这是一处由柯南•道尔爵士参与设计并建造的房子。在那里，道尔款待过很多同辈作家，最重要的是，他为福尔摩斯写出了更多的案件。故居安德萧的陨落和湮没将是对现世无尽的嘲讽，而这集作品就是我们奋力拯救故居的一件武器。本书的入选作者和数百位落选的作者都是故居的捍卫者；而购买本书的你，也已加入了捍卫故居队伍。

非常感谢对本书面世作出贡献的人们。感谢罗杰•约翰逊在本书编辑期间尽其力、超其责，是团队的中流砥柱。感谢制片人迈克•考克斯和苏•维特的帮助和支持，他们分别制作的两套福尔摩斯连续剧展现给观众同样的精彩。感谢尼古拉斯•布里格斯、道格拉斯•威尔默、大卫•斯图亚特•戴维斯、罗杰•卢埃林、格蕾丝•布兰德雷斯、杰夫•戴克、艾里斯特•邓肯、斯蒂芬•弗莱和马克•加蒂斯（柯南•道尔故居保护基金的赞助者）等人的无私奉献，且令我们意识到拯救安德萧的伟大意义。最后，感谢柯南•道尔故居保护基金会，林恩•加尔和杰奎琳•莫里斯，将这一切带入民众的视野；感谢 MX 出版社使本书的出版成为现实。

夏洛克学会

www.sherlockology.com

安德萧柯南·道尔故居保护基金会

2008年岁末，我曾梦到一幅非常生动的画面：生活在维多利亚时代的一家人站在一栋大宅门口，而我似乎正站在一架老式相机后面为他们拍照。梦醒之后，我想方设法寻找梦中的人物。令人震惊的是，几个月后当我不经意间翻开一本阿瑟爵士的作品时，映入眼帘的一张他第二个家庭的图片，恰似我梦中的景象。

随后那年年初，我带着挂在汽车后座的相机，漫无目的地自驾旅行。当车子开到以往经常路过的安德萧，门口那"房屋待售"的广告牌突然映入我的眼帘：我清晰地觉得应该用手中紧握的相机记录下这一切，使安德萧得以永世流传。那天拍摄的颓垣败瓦，引领我投入到拯救安德萧的运动中。而在数年之后，这一运动竟然吸引了全世界各行各业人士的广泛关注。

当我沿着蜿蜒而悠长的车道，缓缓走向那栋红砖建筑时，我茫然不知那些高大的林木背后，隐藏着怎样一副景象。当我行走在那片一个多世纪前很多人曾走过的道路，仿佛看见历史画面隐隐呈现于墙面。我曾在年少时去过那里，而今竟然感觉时光回溯、昔日重现。在那一片高高的脚手架和防护顶的下面，矗立着夏洛克·福尔摩斯的塑造者——阿瑟·柯南·道尔爵士位于萨里郡的故居。柯南·道尔爵士在当时是一位备受邻里尊敬的绅士，更是有史以来最伟大的小说家之一。

我震惊了：这栋屋子目前的状态几近废墟，显然已被弃之不顾多年，任由风霜雨雪的摧残。我突然萌发强烈的愿望想要拯救它，让它恢复昔日的迷人优雅和独具特色。

拯救一栋故居？单凭一己之力如何能完成如此非凡而疯狂的伟绩？难道我只是一个缺乏理性且过于狂热的妇人，尝试去做一件不可能的事情？然而，这个愿望竟如此强烈地驱使我不顾一切地走下去：如果一个人非常渴望去做一件事，那他终究会做成这件事。

我对安德萧的终极愿望是：它能像福尔摩斯一样奇迹般复活，也能像福尔摩斯一样永存代代相续的人们心中。

林恩·盖尔

一直以来，安德萧都是一处待客迎宾的场所。阿瑟·柯南·道尔爵士最先在这里招待过许多亲朋好友和文坛名人，这里是他灵感的源泉；随后，投资商将这里改为旅店经营了数十年，四方游客云集于此享受美食和欢愉，并常常在花园的巢屋里用餐。柯南·道尔的种种才华中，追求正义最为突出。而今天我们所追求的正义，就是将安德萧从文物破坏者的手中解放出来，使其重新成为一处凝聚共同智慧、兴趣、故事和理想的场所。

苏·梅朵丝
柯南·道尔故居保护基金会联合创始人

基金会主席约翰·杰普森头像，苏·斯科纳设计

安德萧简史

也许很多人并不知道，安德萧是阿瑟•柯南•道尔爵士为他在萨里郡欣德黑德小镇的故居所起的名字。柯南•道尔在那里从 1897 年 10 月住到 1907 年 9 月，直到娶了第二任妻子——珍•勒奇，才举家搬到瑟赛克斯郡的克罗伯勒镇。

安德萧是柯南•道尔的所有故居中最为特别的，唯有它在设计上融入了柯南•道尔的智慧，方方面面都照顾到露易丝•柯南•道尔的身体状况。1893 年底，露易丝感染了肺结核，为了方便她的生活起居，房子设计安装了大窗户、矮楼级和内外双推门。不幸的是，露易丝还是于 1906 年 7 月死于疾病，而这栋房子也成了她的辞世之所。

柯南•道尔的很多重要作品（全部或者部分）都在这栋房子完成。对于本书的读者来说，那段时间创作的最著名的作品当数《巴斯克维尔的猎犬》和《福尔摩斯归来记》。要说安德萧是夏洛克•福尔摩斯的重生之地，着实不为过。夏洛克的重生不但令当时的福迷举手相庆，今天的福迷也对此由衷感激。

柯南•道尔在 1907 年离开安德萧后，房子短期出租了一段时间。大家都认为柯南•道尔最终是希望把这栋房子留给儿子金斯利，不幸的是，金斯利在一战即将结束前就去世了。柯南•道尔于是决定将房子廉价出售。没过多久，这里成了一家旅店。

2004 年，旅店的经营合约到期，某投资商购买了安德萧并计划将它翻新改建。当地市政厅接受并审批了改建方案，这栋国家二级文物保护建筑将被改建成一系列的公寓房和联排别墅，并在房子两侧新建一些住房单元。

安德萧柯南•道尔故居保护基金会及其广大支持者（包括各位亲爱的读者）反对的就是上述改建方案。这场抗议运动不仅为了拯救安德萧，也是为了拯救全世界所有具有重大历史意义的遗址。我们要向当权者表明，我们绝不会在历史被剥夺的时候袖手旁观。

艾力斯特•邓肯 2012

《全新的国度——阿瑟•柯南•道尔、安德萧和夏洛克•福尔摩斯归来》作者

永存人间的，是给我们的颂言

词、曲：凯特琳·欧宝

房间，不再是您曾经居住的样子
顺着地板，我却感受到您的步子
壁纸片片剥落，我在静静等候
门厅冷落，不再有您抚摸它的十指

他们不懂得，尘土覆盖的地板
是您曾优雅驻足的家园
他们不明白，这里尘封的回忆
永驻您的容貌和声音

不，我们不是虚无的空间
静默的房间凝固着时间
任岁月将回忆付诸书简
写在地板弯曲的接缝间
你用你的方式阅读世界
我用我的智慧品味人间
共同书写出不同的书篇
带走生命的，是无情的时间
永存人间的，是给我们的颂言

四壁不再习惯于静默
亦或经玻璃洒落的斑驳
有些东西为永恒而活
就该被铭记，万世传播

他们不会明白
有颗心正敲打着门板
如果没有理解
苦苦支撑的那种信念

不，我们不是虚无的空间
静默的房间凝固着时间
任岁月将回忆付诸书简
写在地板弯曲的接缝间
你用你的方式阅读世界
我用我的智慧品味人间
共同书写出不同的书篇
带走生命的，是无情的时间
永存人间的，是给我们的颂言

哦，枯萎的年华
哦，嶙峋的骨架
但能精神隽永
何惧凶神恶煞

不，我们不是虚无的空间
静默的房间凝固着时间
任岁月将回忆付诸书简
写在地板弯曲的接缝间
你用你的方式阅读世界
我用我的智慧品味人间
共同书写出不同的书篇
带走生命的，是无情的时间
永存人间的，是给我们的颂言

支持者

哪怕用一百本书的篇幅，也难以尽述"拯救安德萧"运动所有支持者的心声。在此我们遴选了一些演员、作家、影视制片人和历史学家作为代表，呈现全球成千上万福迷的态度。他们是：

马克•加蒂斯、斯蒂芬•弗莱、罗杰•约翰逊、格蕾丝•布兰德雷斯、道格拉斯•威尔默、尼克•布里格斯、迈克•柯克思、大卫•斯图亚特•戴维斯、罗杰•卢埃林和艾里斯特•邓肯我愿意为"拯救安德萧"运动投入全部热情。试想在当今这个时代，我们最伟大最受爱戴的作家，其故居不但备受冷落，而且面临被拆毁改建的危险处境，这是多么可悲的事情。

　　阿瑟•柯南•道尔爵士在他丰富而精彩的一生中拥有几处住宅，唯独安德萧承载着他强烈的个性。在这里，巴斯克维尔的猎犬首次铺展开幽灵般的生活，夏洛克•福尔摩斯也从莱辛巴赫瀑布的生死谜案中复活。在这里，布莱姆•斯托克、詹姆斯•巴里、E.W.赫尔南等知名作家都是座上宾。毫不夸张地说，在道尔创作事业最高产最辉煌的岁月里，安德萧是他生活的中心。它必须被拯救，并且应当跟英国其它文坛巨匠的故居一样受到妥善保护。这当然是个"三斗烟级别的问题"，但我确信，这个问题并非不可解决。

马克•加蒂斯

安德萧柯南•道尔故居保护基金会赞助人

演员、编剧、小说家、BBC 迷你剧《神探夏洛克》联合编剧无论用什么标准来检验柯南•道尔在英国文化生活中永恒不朽的地位，他都能轻易过关。也许有人会说哈利•波特风靡不了一个世纪（当然我相信他会，但也很难说）。但夏洛克•福尔摩斯会比其他任何文学人物更让人确信，他不光能风靡百年，还能流芳千年。世界上也许找不出第二个小说人物可以这么持久地深入人心，蕴含着如此丰富的内涵。

正如我们在过去一年半所见的，夏洛克可以在任何时代被非常精彩而成功地重新塑造。如果我们听任夏洛克作者的故居年久失修颓败不堪，尚未出生的下一代会怎么评价我们？如果他们知道柯南•道尔故居遭受拆毁的理由仅仅是贪婪和怠惰，又会怎么看待我们？他们会同全世界成千上万的人们一样惊骇，并大声疾呼："不可以。停下来!想一想！！这是一笔错误的经济账，这是一种庸俗愚蠢的行径。"

安德萧完全可以充满生机、繁荣兴盛。它可以成为一处学习中心、一个旅游景点、一所重要的博物馆、一个引以为豪的文化中心。我呼吁所有有权力人士，不要把自己设想成撞毁建筑的大铁球，而是卓有远见和创造性的有识之士。福尔摩斯的影响只会与日俱增，切不可让英国文化日渐萎缩。

史蒂芬•弗莱
演员兼作家
曾是伦敦夏洛克•福尔摩斯研究会最年轻的成员，最新角色是《夏洛克•福尔摩斯：影子游戏》中的迈克罗夫特•福尔摩斯。

除了一位前任文化大臣粗鄙庸俗的论述，阿瑟•柯南•道尔在英国文坛乃至国际文化界的地位是毋庸置疑的。他的作品和许多其他作家的作品一样，一个世纪以来一直被学生和学者们所研究、剖析和品评。然而，柯南•道尔也是一位百年不遇的作家，其作品百年甚至百年以后，读起来仍是津津有味。人们阅读《失落的世界》、《怀特公司》，尤其是夏洛克•福尔摩斯的种种故事，最好的理由就是：他们渴望去阅读。（正如克里斯多夫•弗瑞林爵士所说的："你可以向一位当代读者保证，福尔摩斯系列丛书精彩无比，而且你根本不需要有所保留地说：'当然，故事也难免有些晦涩而乏味的地方…'这对于一位维多利亚时代的作家而言何等难能可贵。）

安德萧，柯南•道尔位于欣德黑德的故居，是英国的文学景观中具有国内国际影响力的处所。在这里，作者写出了《杰拉德历险记》、《奈杰尔爵士》、《大布尔战争》。在这里，他曾经投笔从戎，成了南非战争的一名军医。在这里，他被册封为阿瑟爵士。也是在这里，夏洛克•福尔摩斯重获新生。

柯南•道尔和建筑师J.H.保尔一起设计这栋房子的事实，赋予了建筑独特而珍贵的个性特征。在此，我不妨改编某网站献给沃尔特•司各特爵士（也是柯南•道尔深深敬仰的一位作家）故居的一句话："当你碰触到安德萧的砖墙与灰泥时，你正触摸着柯南•道尔的灵魂"。

由于屋主的漠视和肇事者的破坏，安德萧目前状况令人担忧。安德萧可以而且必须被拯救！

罗杰•约翰逊

《夏洛克•福尔摩斯杂志》编辑

伦敦夏洛克•福尔摩斯研究会

阿瑟•柯南•道尔是一位优秀的作家、伟大的故事叙述者、杰出的人物。他不但自身经历令人着迷（深刻而感人），而且在这个世界以超越凡人的方式留下了自己的印记。很少有作家像他那样，塑造的形象可以跃然纸上。夏洛克•福尔摩斯、华生医生、哈德森夫人、莫瑞亚提教授、贝克街的非正规军人，这些人物及其故事举世闻名、恒久流传。柯南•道尔故居在文化、社会和文学上有着重要的国内国际影响力。

格蕾丝•布兰德雷斯
作家、播音员

这是一件荒唐而愚昧的事情：阿瑟·柯南·道尔爵士，这位塑造了全世界最著名的文学人物夏洛克·福尔摩斯，生动形象地描绘出维多利亚后期社会的作家，其故居竟然面临改建的危险。在这栋房子里，柯南·道尔构思并创作出很多优秀作品，包括最为人熟知的《巴斯克维尔的猎犬》。

不管安德萧将来是作为旅馆还是疗养院，它都不应该被拆分为公寓楼或商用楼，这将会永远且彻底地破坏其原有面貌。将道尔的文学声望和简·奥斯丁或其他作家相比较，不仅毫无意义，而且离题万里。

我很庆幸在多年前接触到夏洛克·福尔摩斯的故事；更有幸在 1965 年出品的 13 集 BBC 电视连续剧《夏洛克·福尔摩斯》中扮演男主角。这次演出经历使我对该人物有了更深入的研究，自此之后，探索福尔摩斯成了我毕生的兴趣和最为享受的事情。我非常荣幸能成为"伦敦福尔摩斯研究会"的荣誉会员，并希望将我的名字加入到抗议者的名单中。抗议安德萧改建计划实乃民心所向。

道格拉斯·威尔默

1965 年 BBC 电视连续剧《夏洛克·福尔摩斯》男主角

作为演员、作家和制片人，我从小就对福尔摩斯情有独钟……我对这个角色的酷爱想必是因为巴兹尔·雷斯伯恩、彼得·库欣等人的演绎……还包括克里斯托弗·普拉默、罗伯特·斯蒂芬斯，对了，甚至还有斯图尔特·格兰杰（威廉·夏特纳也参演了那部戏，对吧？）。

至于后来拜读原著，是因为看过大卫·斯图尔特·戴维斯的精彩单人剧中"一代名优"罗杰·卢埃林的表演——包括《最后一幕》和《生死一线》。这两部单人剧糅合了大量柯南·道尔的原著选段，实在引人入胜，令我决心重拾经典。阅读过后，我又计划制作广播连续剧，尽可能重现原著精华。

在此之前……我在工作上曾有两次与福尔摩斯结缘……

回到 1999 年，当时我正拼命筹备英国大功必成公司（Big Finish Productions）发行的第一版《神秘博士》后期制作的音效设计与音乐合成。同时我还在阿瑟·柯南·道尔爵士亲笔写成的剧作中扮演福尔摩斯，排演《斯通纳案》。后来为了方便观众识别，该剧改名为《斑点带子案》。

大家应该都还记得，该剧的初始制作中那条沼地蝰蛇缺乏可信度。具有讽刺意味的是，当时用的是条真蛇，但它全程几乎纹丝不动，结果所有人都以为是条假蛇。

我们**从未**考虑过用真蛇，而是通过两种方法处理这一难题：首先，参考道格拉斯·威尔默的方式……蛇从通气孔一钻出来，我在大家看到之前就高举手杖一顿痛殴（是的，其实根本就没有蛇）；然后，我们同演了一出歇斯底里的通俗剧！

利洛特/罗伊洛特（在道尔的剧本里不知为何为这位医生换了名字——有人知情吗？）的尖叫声自演出厅外面传来。突然，门猛地被撞开，只见他一头冲进来，正和一条假蛇进行生死搏斗，一路惨叫怒嚎，祖露着胸膛，头发如一团鸡窝（别问我为什么，是演员"过于入戏"）。临死之前，他把蛇甩给了我们。我用手杖接住，娴熟地丢到海伦·斯托纳的床上……接着华生和我立马用毯子将其盖住，两个走火入魔的疯子，用手杖把蛇往死里打！

然后我们停住。

因为剧烈运动，我们喘着粗气，小心翼翼地检查蛇是否真的死了。它居然还活着，我们又开始新一轮狂骤雨般的暴行，直到心满意足，相信我们的假蛇确已脱离凡胎飞升西天了。

最后，落幕前的几句台词很难上气接着下气。

《斑点带子案》在德雷顿宫廷剧院（一家酒吧的地下大厅——不知是否依旧存在？）上演了两周，最初观众寥寥无几，但通过口口相传，观众接踵而至，可惜演出日程也接近了尾声。按照观众规模递增的速度，当初如果获准继续排演的话，说不定今天还未停演呢。

不过对我来说，扮演福尔摩斯反正是种享受！实在是种享受。我并不觉得自己跟他有丝毫相似之处，光智商就差了十万八千里，幸亏生活习惯也远远赶不上他那般恶劣（至少现在好多了——我是说不会整天吞云吐雾了！）

但我至少在一心一意方面跟福尔摩斯有些相似。每当从事自己钟爱的工作时，我都会燃起火一般的热情（幸好近年来大部分时间都在从事自己喜爱的工作），而在无所事事时则成了泄气的皮球。实际上，我很恐惧无所事事的状态。我把日程填得满满的（这点我的妻儿可以作证），不仅仅是担心缺钱养家，而是一旦缺少创作活动，我便感觉到一团乌云般的阴影笼罩了我的生活。

所以我至少在一定程度上与福尔摩斯有所类似。当然，我外表上也并非完全不像。是的，差得不算太远……

我与福尔摩斯第二次结缘，是受邀在诺丁汉皇家剧院的悬疑剧系列中扮他的角色，我参与这一悬疑剧系列将近十年。

长期做惯了弗朗西斯·德布里基的作品，制片人决定换口味，推出一部夏洛克·福尔摩斯的舞台剧……主要是因为他认识电视剧《复仇者》的创作人布莱恩·克莱门斯，还知道布莱恩写了一套福尔摩斯的剧本……噢，真正的主要原因，是希望布莱恩会在稿酬方面高抬贵手。

是的，那才是**主要原因**。

我亲爱的朋友兼同事玛姬·斯泰堡丝（如果你是我们公司的粉丝……）推荐我出演福尔摩斯。她在制片人那里说得上话——而且生怕公司选了完全不搭边的演员……我也不知道会是谁。

于是，我得到了这个角色。

舞台副总监言不由衷地恭维我说："嗯，这个演出季能招到的演员中，大概只有你算是这个角色最像样的人选了。"真是折煞我也。

布莱恩·克莱门斯的剧本，当然是《福尔摩斯智斗开膛手杰克》。关于福尔摩斯将会如何侦破这桩臭名昭著的历史悬案，很多作品都提出了构想，这部剧本绝非首开先河——也不会就此定乾坤。

该剧风格相当……别出心裁，很有拉斯伯恩/布鲁斯的味道……甚至还影射了福尔摩斯尘封的过往情史：一位最终在精神病院离世的女人。向福尔摩斯透露情报的角色拥有超感官知觉，能透过一枚胸针的震动感知信息，后来她自己也爱上了福尔摩斯。结局还挺感人，这位通灵的"凯特"（福尔摩斯为她摒弃了一贯的怀疑论调）在他的陪同下踏上环游欧洲的旅程，凯特明目张胆地称福尔摩斯为"夏洛克"……这趟旅途还涉及莱辛巴赫瀑布。

作为主角，我要记的台词多得惊人，加上福尔摩斯的戏份贯穿每个场景，而我只有短短七天的排演时间。但演出过程真是妙趣横生……舞台布置非常简洁，充分利用了灯光和音效。

每逢一周一度的排演，总会出现一些顽皮的恶作剧。想来还真傻，那时的演员压力巨大，演出又极易出错……不过似乎压力越大，演员们就越喜欢胡闹。

而我和别人一样有这种坏习惯。

当福尔摩斯、华生和凯特最终得知罪犯身份，出发去逮捕他的时候，排演期间，我总会在离场前大喊："来吧！让我们干了他！"结果第一场正式演出，我差点就这样脱口而出了。

当我和凯特准备前往莱辛巴赫，华生要与我作最后道别。剧本要求他作为老伙计临别前在我耳边悄声交待最后一句话。不用说，每次出演我都能听到各种版本的"交代"："她其实是个拉拉"，或者"我是同志我爱你"。所以我要做好充分的心理准备以免在最后一幕笑场。

这出戏剧大获成功，皇家剧院因此计划接下来的一年间让福尔摩斯和我回归舞台。

在此期间，我有幸观看了先前提到的大卫•斯图尔特•戴维斯的杰作。我迅速处理了音频版本涉及的版权问题。同时，福尔摩斯在皇家剧院的回演出确定为《巴斯克维尔的猎犬》。

顺道说一句，在《福尔摩斯智斗开膛手杰克》的演出结束后，我征询了布莱恩•克莱门斯的观后感，他对演出大加赞赏，于是我斗胆询问可否将他的剧本改编为广播剧。他二话没说就同意了。于是我策划了自己的第一部，稍许与众不同的福尔摩斯系列！

话说回来，当时《巴斯克维尔的猎犬》的制片人宣称将负责撰写剧本。他是一位无比称职的作家。我问他打算如何"处理那只猎犬"，他说："噢，猎犬会留在台下……或者在落地窗外露出一对红眼睛。"

我眉头一皱，说，"《巴斯克维尔的猎犬》中根本没有什么落地窗啊！"（在皇家剧院演出的其他悬疑片中几乎都是这样——这是铁律）"噢，那你有何高见？"制片人问。

我马上重读了猎犬的故事，做了些笔记，并和制片人见了面。妻子警告我说，"当心最终让你来写剧本。"我和制片人见了面……"我觉得你最好把整个剧本写下来。"制片人果然如是说。报酬低得可怜，但我是在写《巴斯克维尔的猎犬》的剧本，其他的我都不在乎。

我了解诺丁汉皇家剧院的观众，他们看戏无非为了开怀一笑。所以，我虽然没往喜剧里写，却一直把这点牢记在心。我参演过这家剧院一些惊悚的悬疑剧，亲眼见证了穿插运用幽默与惊悚元素的效果。

我笔下的白瑞摩夫妇略显粗野，面对主人的猝死有些反应过激……我希望能借此插进几段华生的笑料，让他和这对管家严辞相对，并暗自后悔挑起事端。问题是，扮演白瑞摩的演员对剧本中的幽默桥段过分计较，使得表演稍显夸张。

还有一处喜剧效果也让我颇为得意：当华生一行人走近巴斯克维尔庄园时，一个士兵突然跳出来扑向他们。

如何在舞台上刻画猎犬仍是个难题，我的解决方法是见招拆招（因为当时没有任何预算资金！）。我假想华生正在上演一出《巴斯克维尔的猎犬》，邀请福尔摩斯一道进行最后的排演，并请他评判剧本是否忠实。

这意味着福尔摩斯可以更多地参与到故事当中……即使在不该露脸的场景，他也能跑到台上去调侃华生，追问事态发展。我记得自己特别在意的一个情节是当华生怀疑白瑞摩有谋杀嫌疑时，竟然跑出庄园，将亨利•巴斯克维尔和白瑞摩夫妇单独留在室内老半天（并因此碰上了斯台普顿兄妹）。华生为什么会如此置亨利于险境呢？我们的这部剧中，华生压根没想到这个问题……这让福尔摩斯洋洋得意，自命不凡。

故事改编为舞台剧的另一点好处是，我可以让福尔摩斯和观众一样，对猎犬可能破绽百出的登台亮相一直提心吊胆。演出期间，他不断追问华生到底该用什么道具代替猎犬。华生满脸不厌烦，千方百计回避这一问题。

随着剧情的发展，福尔摩斯愈加投入这场经典再现……某处还引用了华生关于猎犬的精彩描绘，大意是福尔摩斯亲眼目睹了这一凶残暴虐的野兽后，一直受那段回忆的困扰。

最终，剩下福尔摩斯独自留在台上，灯光逐渐昏暗，只有远方隐隐传来的犬吠声。他显然已被恐惧缠身，拔出左轮手枪，怒吼着要猎犬现形。而在电光火石的一刹那，它闪现了——一名头戴巨型猎犬面具的演员瞬间跳出，紧接着灯光猛然熄灭。黑暗中，福尔摩斯扣响了著名的五声枪响。尽管太晚，备用的枪声设备有些按捺不住，也迸出了几声枪响，听起来就像福尔摩斯端着一把机关枪。

待灯光重新亮起，华生和其他演员亮相舞台，为使用替身猎犬致歉。"实在太困难了，这就是我们在台下所能设想到的情景"。

福尔摩斯一脸震惊，神情愕然地转向观众："可是我看到了。我亲眼看见了……巴斯克维尔的猎犬。"全剧落幕。掌声如雷。

我与福尔摩斯的再次结缘，便是制作大卫•斯图尔特•戴维斯的精彩单人剧的广播剧版，负责指导罗杰•卢埃林。这就是广播剧旅程的开端……

在我们第二系列的第一批发行作品中——我对《最后一案》和《空屋》的改编很难算得上是真正的改编，无非是把原著中的"他说"等字眼去掉罢了。主要的变动是将文本分

割为新的段落，突出演员的思想转变，使用音频舞台指导，并提示演员加入情感内容
——特别是当华生最终决定打破沉默，重提莫里亚蒂的时候。

《巴斯克维尔的猎犬》需要下更多的功夫，但它全长六万多字，而剧本必须削减为
两万多字才能顺利刻进两张广播剧光碟。只要可能，我们都会尽量**尊重**柯南·道尔的原
著。

我发现每当人们重读原著时都会想：为什么有人要去搅和这么完美的作品？也许是
因为去掉华生的叙述可以达到戏剧多样化的效果……但对于广播剧，听众其实很乐意听
到旁白，而且也可以让华生的叙述语言原封不动！

总而言之……

大胆创新

巧妙改编

重设故事背景。

改编效果都不赖……经常令人拍案叫绝。

但重拾原著你才懂得什么叫爱不释卷。

尼克·布里格斯

演员兼作家

感谢那些曾滋养过我们青春的作家。他们给予我们无尽的欢愉和对阅读的渴望，终身受用。就我而言，这些作家包括安东尼·霍普、沙波、多恩福得·耶茨、约翰·巴肯、莱斯利·查特里斯，但影响最大的当属柯南·道尔。阿瑟爵士为我们刻画了一批英雄形象：福尔摩斯、查林杰教授和杰拉德准将。这些人物陪伴我步入 21 世纪，我们所能给予作家最基本的回馈，就是确保他的故居受到纪念和尊重。

迈克·考克斯
格拉纳达电视连续剧《夏洛克·福尔摩斯历险记》制片人（1984-1985 年出品）

切莫低估安德萧的价值。这位生活在南海城的贫困医生塑造的侦探夏洛克·福尔摩斯，是所有文学人物中最受读者欢迎的，而作者的故居却无人关注且面临改建风险。福尔摩斯的故事自1887年首次出版后，几乎每年都有关于贝克街的福尔摩斯先生的戏剧、歌曲、电影、广播剧、改编剧、电视剧或者其他艺术形式的面世。

福尔摩斯受到了全世界的喜爱，一拨拨的观光客前往伦敦、爱丁堡、日本和瑞士参观他的雕像。他也是虚构的最伟大的英国人，是英国最杰出的作家阿瑟·柯南·道尔智慧的结晶。

除了贝克街这位全能的大侦探，才华横溢的阿瑟爵士还塑造了许多其他人物。但命里注定令他流芳百世的终究还是夏洛克·福尔摩斯。他真正值得被纪念、敬仰和珍惜，因为他给太多人送去了快乐和感动。

福尔摩斯的故事就是那扇魔法门，帮助年轻人步入意义非凡的文学世界。倘若没有夏洛克这个具有奠基意义的艺术形象，侦探小说这一文类也许不会出现。道尔站在埃德加·艾伦·坡的文学基石上，创作出现代侦探小说的模板。如果没有道尔，白罗、温西、摩斯、卢布思等神探人物也许就不会问世。

夏洛克·福尔摩斯是一个跃然于纸上的人物，是英国文学和文化版图中不可或缺的一部分。游客们可以参观莎翁、奥斯丁、狄更斯和勃朗宁等作家的故居，却一直没有人关注到柯南·道尔的故居。要知道，故居是深入了解一位作家不可或缺的一部分。

柯南·道尔不仅在安德萧居住了十年，创作了无数备受追捧的作品，款待过许多文坛名士，而且是房屋的主要设计者之一。砖墙和泥灰凝聚着柯南·道尔的精神：他的情感、政见和社会地位。安德萧是维多利亚时代和现代社会交替时的一个缩影，正如柯南·道尔1901年在安德萧创作的最脍炙人口的小说《巴斯克维尔的猎犬》中描述的那样。

阿瑟·柯南·道尔的故居安德萧有潜力成为创意艺术的中心，向世人诉说这位伟人的生平和成就，拓展人们对二十世纪早期的文化景观的理解，颂扬不朽的夏洛克·福尔摩斯。对于国家、文化和国人而言，安德萧都必须受到保护和发掘，并且为后人所欣赏和享有。

大卫·斯图亚特·戴维斯
作家
曾创作获奖作品：单人剧《夏洛克·福尔摩斯——最终行动》和《夏洛克·福尔摩斯——死亡与生存》，他还创作了其他夏洛克·福尔摩斯的小说和非小说作品。

首次饰演福尔摩斯一角，是在纽卡斯尔安德莱姆的新维克剧场，上演剧目是 1997 年版《巴斯克维尔的猎犬》。大卫·斯图亚特·戴维斯既是位经验丰富、蜚声文坛的作家，又是位探究福尔摩斯问题的国际权威。他对那场表演赞许有加，进而提议我举办一场个人秀——没有华生的独台表演！我的密友加雷斯·阿姆斯特朗曾带着他的个人剧作《夏洛克》在环球巡演，取得了巨大成功。因此那个关于"独台表演"的想法一直在我脑海里嗡嗡作响，挥之不去。

这是个绝妙的点子：福尔摩斯可以藉此向观众敞开心扉，向忠实的读者呈现他性格中不为人知的一面。大卫热忱地编写剧本，加雷斯热切地导演此剧，我则成立了一个小剧团进行排演。该剧于 1999 年在索尔兹伯里剧场 90 座的演播厅倾情上演。

短暂巡演之后，我们在爱丁堡艺穗节又举行了连续 5 周的成功演出，赢得五星荣誉，并跻身"年度十佳剧作"。紧接着，我们转往伦敦驾驶舱剧院（离贝克街最近的剧场）进行了为期 3 周的演出，随后开始长达 9 年的环球巡演，算下来演出超过 800 场次。

在这种情况下，应我要求，戴维斯再度创作了续集。两部剧均持续进行了大规模的巡演。

尽管不是典型的夏洛克式性格，我认为自己对角色的诠释还是很到位的，包括人物要求的言语方式与特定角度的形象塑造。令我欣喜的是，大卫为我创作的福尔摩斯有很多地方与我在《猎犬》中扮演的角色不谋而合。

那种冷嘲讥讽又不动声色的尖锐幽默，在大卫作品里有着详细描述，也在我的艺术演绎中有所体现。大卫极其巧妙地从他那百科全书般的福尔摩斯知识库中，提取出细小的线索，把他们编织成引人入胜的戏剧情节与创作素材。

福尔摩斯聪明绝顶、冷静沉着、淡漠麻木，冷眼旁观着一切。他对社会自我意识的缺乏有时令人捧腹大笑。这个人物为演员提供了广阔又充满鲜明对比的选择空间去诠释角色。我觉得应该为他撰写一份阿斯伯格综合征（幼儿孤独症）病例。

在《猎犬》为期 9 周的彩排与正式演出期间，我已经对福尔摩斯非常熟悉。加雷斯和我准备独演的长期过程，更是打开了众多通向福尔摩斯人物世界的大门。

大卫预设的情节是两位好友已分道扬镳两年之久——华生与妻子定居伦敦，福尔摩斯在苏塞克斯闲居养蜂。然后…华生溘然离世！

福尔摩斯出席了葬礼，很自然的，他再次被贝克街那间布满灰尘的公寓所吸引，他即将面临的会是…什么呢？他的未来，将孑然一身。

观众扮演起华生的角色，夏洛克则敞开心扉，种种秘密、荣辱都释然于怀了。其中他也吐露了华生医生在探案过程乃至他人生中的重要地位。

这样，演员就需要表现出这位知名人物为大众普遍熟悉的一面，同时也需要呈现他鲜为人知的个性特点…几乎是在进行心理理疗。

对我来说，最大的挑战是：作为一个受过传统训练的"领衔"演员，如何去发掘一系列性格特征，来表现大卫创作的出现在福尔摩斯回忆中的众多人物。我没有十足的信心来复制剧本里描写的各色人物，所以决定创造自己的版本，通过这些版本鲜明的对比获得戏剧效果。在某些情况下，这种演绎具有更广泛的幽默意义，为大卫创造的黑暗王国增色不少。

比方说，警官霍普金斯自然成了威尔士人（我的姓氏是典型的威尔士姓）；英国的医生大都是苏格兰人，所以莫蒂默医生说话时带有浓重的苏格兰高地特有的粗喉音；书店老板成了爱尔兰人，于是有了关于"three"发音的笑料。这种方法屡试不爽。

我必须准确到位地饰演十三个不同角色，尽管某些角色只有三两句台词。如果角色需要实现叙事职能，则必须确保观众能深信不疑。因此，人物刻画无不生动鲜明，同时留有充分余地来细致展示主人公性格。

至于福尔摩斯这个人物，我通过这些表演发现，我越真实地表现他的自私、冷漠、冷酷的机智以及最后的诚实，观众就越喜欢他，并最终在情感上原谅了他所有的缺点。

福尔摩斯剧目的经久不衰归功于何？我想说除了人们对维多利亚时期伦敦的种种怀旧情绪——弥漫的黄色浓雾、煤气灯、双座马车、鹅卵石路，福尔摩斯还象征着正义战胜邪恶，他运用自己道德的正义形式取得英雄式的成功，弥补了法律系统中的不公平。他是最初的超级英雄，远远超越了超人、蝙蝠侠和其他拥有超能力的人物。

关于我是否根据杰米·布莱特版福尔摩斯来诠释角色这个问题，我想没有一个演员配得上这种说法，没有演员会根据别人的构想来表演。对我来说，整个排演过程细致到斟酌每个字所带来的问题：这个想法属实吗？他说这句话是出于显而易见的原因还是想要达到别的目的？这个场景中哪里埋藏着伏笔？经由这个说法、动作和问题，他想要达到什么结果？

我把这个过程比作在陡峭浓密的森林里一步步披荆斩棘，精雕细刻到每一个想法，每一行台词。回望时，你所开辟的小径，就是你所建立的人物形象。

参照其他演员的构想来表演，只能模仿到形似，内在的核心是空洞的。这样的演技不可能支撑13年的表演。你越想长久扮演一个角色，就越需要在荆棘中开辟自己的道路。

扮演福尔摩斯如此之久，带来的好处便是将这个角色内化于心。按照寻常的演出日程，绝对达不到这样的效果。福尔摩斯通常会"休息"几个月——这关系到演员的健康及商业巡演的安排。经过一段时间休演，我需要重新排演，把那些想法、台词调动到脑前嘴边，我时常惊喜地发现它们自行重现在眼前。像一个好的焙盘可以使食物变得更加可口美味。对于之前某些想法和意义，大胆的新见解不断产生。

我倾向在不同剧院表演一到两天，以保持新鲜感，不会感到厌倦。每场演出从很多方面来说都是首演。

我首选的工作日程是 10 点到场，与技术团队见面，检查舞台、观众席及化妆间。他们帮我把道具从车上卸下，告诉我灯都挂在哪里，一切按照我三个星期前邮件里详细的提示和图表安排妥当。我布置好场景——两把椅子一张桌子，三个垫子加个帽架——然后用小道具装饰一番：书本、眼睛、烟斗等等。他们在我的指引下打好灯光，酌情调整彩光；然后我们把尾白标示到采光板上。经过一段轻松愉快的热场，我可以放心让他们自己负责技术排演。顺利的话，整个过程大约 3 个小时，之后我便可以放松下来，吃饭、小睡、沐浴，随后在开场 60 分钟前返回剧院，解决可能出现的新问题。接下来，我会花 10 分钟左右的时间练练嗓子，化点妆换上戏服，让自己看起来更像海报中的形象。演出结束后，我会以最快的速度从化妆间出来；有时会跟朋友或剧迷见面致意，之后重复打包道具这个乏味疲惫的工序，在工作人员帮助下，把他们重新装到车上。

每个剧院的灯光和音响装置都有些许不同。舞台大小、高度、设施均不一样，舞台入口和剧院侧室各有差别。每到新剧院，我必须小心演练入场退场。我可能星期二在 1200 人的剧院表演，星期四在 90 人的小剧场演出。

观众们通过自己的反应决定将看到什么样的表演。如果他们对剧中的幽默反应迅速，传递给我的信息是应该继续这样表演；如果不是这种反应，他们将得到一个更沉郁，感觉完全不同的夜晚。两种版本我都喜欢，我乐于给观众们一场他们希望看到的表演。近期在约克连续三晚的演出中，星期二那场表演观众几乎不笑，但是星期四那场演出观众哄堂大笑，好像在观看亚克伯恩最风趣的一出喜剧。三晚的票均告售罄。

无可厚非，我个人并不希望变成福尔摩斯。我亲切和蔼，乐于交往——有幽默感，并且下得厨房，我的厨艺常令身边好友大饱口福。

角色鉴定完毕...请看上文！

罗杰•卢埃林

演员 《扮演夏洛克•福尔摩斯之体验》

我曾被多次问及安德萧的现状和拯救安德萧运动的情况，却很少被问到我对于拯救安德萧的理解。很高兴借此难得的机会，我想谈谈自己对这栋建筑的看法。

早在 1982 年（距离今天的确有些年头了），母亲就引领我进入了夏洛克•福尔摩斯的世界。自那时起，我一直是福尔摩斯的铁杆粉丝。1984 年当杰瑞米•布莱特在荧幕上首次饰演夏洛克•福尔摩斯，我有机会看到该剧并颇感兴趣。对福迷们来说，那是一段黄金时期，正如今天的福迷，可以通过 BBC 的节目，很快对夏洛克这个人物产生感情。

然而，夏洛克的创造者却常常被遗忘，退隐在这位著名侦探的阴影中。被忽视的还有很多他做过的有意思的事。作者在安德萧的房子见证了他十年的生活和期间发生的种种要事。其中最令人关注的是夏洛克•福尔摩斯在《巴斯克维尔的猎犬》和《空屋》中的重生。而对于柯南•道尔来说，重大的事件还包括他在波尔战争中服役，尝试竞选国会议员，第一任妻子露易丝的去世。

柯南•道尔去世之后，作为这段历史的唯一见证物，安德萧如今面临被改建的危险。2010 年 3 月加入安德萧保护基金会，我们商量出版一本作品，讲述柯南•道尔在安德萧的十年生活。我的成果就是这本《全新的国度》，书中描绘了这些年发生的事情，还有安德萧所呈现给我和这个世界的一切。这是一项充满爱的工作，《全新的国度》也许是我所有作品中的最爱。

你们现在阅读的这本书，是我和其他优秀作者的又一次努力，试图告诉人们这栋建筑的意义、价值和被拯救的理由。

衷心希望本书能让您相信，这项令故居遭受彻底破坏的改建计划不仅毫无意义，更是对破坏历史文物行径的纵容。那些当权者会看到，当他们企图掠夺人类历史的时候，我们不会坐视不理。

艾力斯特•邓肯（作家）
《全新的国度——阿瑟•柯南•道尔、安德萧和夏洛克•福尔摩斯归来》作者

故事与诗歌

安德萧

【英国 斯温顿】卡特琳•布勒斯

黄土之上 矗立

冷衫之间 环抱

躲避了寒风

落入了人手

拳紧握

恨使然

尘埃落定的黑暗房间里

曾游荡巴斯克维尔的猎犬

光线被木板条一束束割断

照出壁纸剥落，墙面斑驳

宏伟风貌如今仅存躯壳

灿灿荣光已被抹灭淡忘

幽幽回音吟唱往日曾经

齐为安德萧的命运哀悼

谁知伟大篇章在此书写

在那些书墙的字里行间

谁知惊天秘密永将消散

在安德萧陨落的空间？

安德萧：著名侦探小说家柯南•道尔参与设计并建造的老宅，位于英国萨里郡。柯南•道尔曾在此写下了很多著名的福尔摩斯小说，包括《巴克斯维尔的猎犬》。

查理·米尔沃顿一案

【英国 什罗普郡】夏洛特·沃特丝

陶德·卡特不屑地一笑，整了整西装的翻领。自满、傲慢、富有的他现在打算找些乐子。

"好吧，加雷斯·雷斯垂德先生，履历相当不错，20 年苏格兰场的高级督察及相关经验，但这些还不够。你觉得你有本事照顾好我的宝贝们？证明给我看看…"

他戏谑地一笑，露出美白过的牙齿，朝门旁身穿黑色西装、身材魁梧的保镖喊道：

"彼得森，拿下！"陶德命令到，使了个调皮的眼色，"这儿可不是苏格兰场。"

他甩掉心里微微的不安，哼，如果中介坚持派这些老东西来的话…

说着，保镖冲向加雷斯。100 多公斤的肌肉如一辆高速火车般压了过来。这可真算得上是最出乎意料的面试了。

尽管加雷斯一直很擅长自卫术，但他也知道要做私人保镖，自己需要强化一下这些基本技能。12 个月吃闲饭的日子倒是给了他充裕的时间。

加雷斯迅速地挡住了进攻，扭打了一阵后爆发一击，利落地把对手撂倒在地。他懂得力量上的悬殊需要用技巧来弥补。

这一意外的结果让陶德吃了一惊，尽管从他那打了美容针的脸上看不出来。他很不情愿地开始重新审视面前这个不起眼的男人。他显然不为名利，也不像是炒作绯闻的商人，也不可能对他最珍贵的财产——女朋友迪拉，有何企图。"但这个 47 岁，声名狼藉，又没当过保镖的前警察真能照顾好一个当红女子乐团吗？不过，至少迪拉不可能和他上床……"

夏洛克·福尔摩斯并不是多愁善感的人，但他也会习惯于某些人的陪伴，就好像习惯一件心爱的外套或者一把椅子一样。雷斯垂德探长就是其中之一，而现在他离开了，福尔摩斯总觉得心静不下来。

因此看到雷斯垂德回到自己的客厅，他感觉很好，一切恢复正常了，当然除了探长那昂贵的西装，还有一身加州的古铜肤色。

"华生医生最近可好？"加雷斯问，想套套近乎。

"他抛弃了我，娶了位妻子。"

"我妻子也抛弃了我，跟了总警司。"

"两件事性质不同，你老婆的决定合乎逻辑。"

"谢谢，"加雷斯带些嘲讽的味道回答，对福尔摩斯的直爽习以为常。

"来根烟？"

"不了，现在不抽了。我刚从加州回来，那儿没人抽烟，人人都喝绿茶，有着完美的牙齿。"

"不过，回来的路上，你在欧洲的伊比沙岛停留了一阵，全套服务的五星级宾馆？"

这就是福尔摩斯，任何事都逃不过他一眼，他精准的推论总让旁人百思不得其解。

"惊讶什么？我以为你现在已经熟悉我的方法了。你的手表慢了 2 小时，所以不是远行，而我相信你的老板在伊比沙岛有间俱乐部？你手上是一间宾馆的腕带，所以一定是那种全包的，而且名人呆的地方至少是五星级。"

加雷斯笑了，福尔摩斯还是老样子。他们在工作上有过多年交道，但也算不得朋友。彼此不会谈及家庭、足球或者昨晚电视节目这样的寻常话题，这些寒暄只会让福尔摩斯那极度活跃的大脑感到无聊。但要是给他一个难题，一桩匪夷所思的谋杀案，一系列不同寻常看似又毫无联系的案件，他就活过来了，充满了一股狂热的能量。

"来这儿有事吗，雷斯垂德？你说需要我的帮助，谈谈详情吧。"

过去的 12 个月，忙得要命，对一个在音乐圈毫无保镖经验的前警察而言，绝对是一次严峻的考验。加雷斯觉得他像是围着世界转了至少两圈又回来了一样。

他看到的毒品、袭击和武器远远超过警队服役时所看到的。如今警察的生涯已经一去不复返了。

"我带了些人来见你，她们在车里。我想还是先见你，确保你对这事感兴趣。我知道如果案件没意思，你对客户会有多刻薄。她很脆弱，我的工作是保护她，不是让她成为你古怪脾气的牺牲品。"

"我猜是迪拉吧？"

"你怎么知道？乐团里有 3 位女孩。"

"但迪拉最受关注，能让你再次出现在我家门口的，必定是非常严重的事。"

"福尔摩斯，发生的事，我不怪你…"

这时客厅的门开了，迪拉走了进来。即使穿着便鞋，修身牛仔裤和 T 恤衫，她依旧异常迷人。肩挎一个设计师定做的包，一副大墨镜被推到头顶，别住一缕浅金色的刘海。

"真抱歉，"她说，一口亲切的北方口音，"我等不下去了，快要疯了，福尔摩斯先生。警方对我的事漠不关心，而雷斯垂德说您值得信任，您会帮忙的。我真的需要帮助。"

迪拉在加雷斯身旁的沙发坐下，紧张地搓着手。

"您或许知道，我是一名女子乐团的歌手。为了今天我真的付出了很多，五岁那年我就参加了第一场才艺比赛，14 岁就开始寄送样带了。我现在 29 岁，但唱片公司对外称 24 岁。感谢上帝有美容针，不然肯定露馅。"

"签约不久，我和经理人陶德•卡特就开始约会。我有些受宠若惊，觉得他看上我是我的运气。我们相处 5 年，甚至订了婚。我们是大家津津乐道的那种明星恋人，陶德也抓住这点进行炒作。杂志上登的居家照，游艇上两人忘我大笑的照片，好像我们正热恋一样。但事实上，他是个控制狂，甚至在我的手机里装了追踪器以便随时把握我的行踪。我连呼吸都要经他批准。他还经常让我节食，痴迷于让我看上去更显年轻，因为他 35 岁了，他觉得我的青春洋溢会衬托他更年轻。对于外貌，他更是疯狂，做了很多次整容手术。我并不是害怕他，福尔摩斯先生，但他是个有权力的人。他成就了我，同样可以瞬间毁了我。我自己没有钱，他控制了一切，我买个面包圈都瞒不过他。"

"你讲这些只当是抛砖引玉吧？"福尔摩斯不耐烦地问。

"我和别人好上了，福尔摩斯先生，一个我非常在意、让我开心的人。我知道这不是什么光彩的事，但私下里，陶德是个冷酷的人，他好像不是真的想要我但也不允许任何人拥有我一样。如果这事被他发现了，他会把我们俩都毁了。我一直很小心，但还是出事了，这个阴险狡诈的..."

她声音哽咽，泪水从又大又蓝的眼睛里夺眶而出。加雷斯掏出纸巾递给她。她振作了一下，继续用最恳切的表情吸引福尔摩斯的注意力。

"这个人叫查理•米尔沃顿。专门挖名人那些见不得光的事卖给小报或者在网上散布。之后就找当事人索要封口费。他手上有太多人的把柄，每个人都怕他，所以他的名字从未见过报。记得议员开支丑闻吗？电话窃听指控案？还有那个在咳药照片曝光后自杀的年轻明星？全都出自于他手。"

"现在他盯上我了，我不知该怎么办。他手头有一卷我在旅店电梯里的监控录像...我和那个人亲吻的录像。他威胁要卖掉那卷带子，除非我给他 20 万镑。我自己一无所有，没法付那笔钱，至少没法瞒着陶德付钱。但如果这事抖了出来，我和那人都会名声扫地，但那个人真不该有这样的结果。所以请您帮帮我。"

华生医生很享受摆脱日常生活重回 211 号 B 看望福尔摩斯。但自从有了家庭责任，重回贝克街就不那么容易了。一到家，茶已经在桌上了，周日要与亲家共进午餐。然而当福尔摩斯联系他时，他还是乖乖地来了，当然趁她妻子去练普拉提时。按照福尔摩斯的交待，他把网上所有关于查理•米尔沃顿的资料都带上了。

当华生回到这栋老房子时，福尔摩斯总爱装出一副满不在乎的模样，但医生心里清楚老朋友是真心高兴见到他。

"看看吧，"华生把一叠文件扔到咖啡桌上，"为了你的事我忙得不可开交。"

"不过，工作并不忙吧。"

"你怎么知道？我可能是在家里干的活呀。"

"文件的纸张质量太好了，而家用纸你买的都是便宜货，很明显那是办公用品。"

华生的工作一直就不是特别忙。他在一家私人诊所，病人主要是其姊妹公司送过来的一群没用的家伙。那是一家专攻"不胜诉包退款"案件的律师行。华生的工作就是签字确诊送过来的病人患有颈椎病、忧郁症、精神崩溃症——即使他们其实没病。

"查理•米尔沃顿曾是个小报编辑，"华生说到，期待让福尔摩斯刮目相看，"因为酗酒被开除，之后便藏在暗处，利用其广大的媒体关系做些见不得光的事。他对名人最感兴趣，如果你有卷带子、涉嫌犯法的电邮、外泄文件，他就是你要找的人。他会从你手上买过去然后卖掉。据称他是好几家网站的幕后推手，那些网站主要报道名人的花边新闻；但有一个是内容很严肃，偏政治性的网站，尽管没有人能证实。"

华生满心期待地往椅背一靠，希望就这一次，他的朋友会对他的发现印象深刻。

"一次不错的努力，华生，然而你却漏掉了一件最重要的事。"

"哪件？"华生问，自尊有些受伤，但并不意外。

"法律问题！你不是和律师一起共事吗？我需要知道他是否犯了法。"

"我是为律师工作，福尔摩斯，但这还是有区别的。"

"好吧，还好我预见你会调查不彻底，所以亲自咨询了另一个人——派克先生，一位著名的名人律师，他欠我一个人情。米尔沃顿行动迅速，总能确保在法院禁止令下达前把手里的材料公布出去，而法院也越来越懒得保护那些自私的名人。我毫无选择，只能代表我的客户跟他谈判，他1小时以内到。跟我一起会会他吧，华生，你的妻子在跳完普拉提后，还打算去见些朋友，这是她开车而你打车的原因。打车收据从你的裤袋露出来了，那纸条对于找剥削你的律师报销可是很重要的哦！"

查理•米尔沃顿拖着脚走进房间。他身材肥胖、样貌丑陋、体格矮小，显然敲诈是他能接近"靓男倩女"的唯一途径，那些令他痴迷的人。

福尔摩斯试图和他谈判，但那固执的小个子男人完全不肯让步，少一分钱或是分期付款都不行。他也完全不吃同情这一套。华生注意到在米尔沃顿的坚持下，福尔摩斯有些乱了分寸，这一点也不像平日里镇定冷静的他。福尔摩斯最后站起身来，下了逐客令。看着这位奇怪的媒体禽兽带着胜利的微笑走向门边，福尔摩斯顿时觉得灰心丧气。

"钱周六付，福尔摩斯先生，不然公之于众将是我唯一的选择。告诉你的客户要么付钱，要么自食其果。"

福尔摩斯甩手猛地在他身后关上门，坐回椅子上。华生沉默着，给绞尽脑汁的福尔摩斯一点空间。最后他意识到妻子马上要回家了，便起身打算离开。

"如果我回家晚了，我妻子会'发飙'的。"

"可恶的美式英语，"福尔摩斯发着牢骚。就在这时，他突然站起来抓住华生的肩膀。"美国！太聪明了，华生！尽管你没有意识到，但你再一次证明了你的价值。我就不送了…"

丢下这句告别的话，福尔摩斯抓起外套冲出了房间——又一次充满了狂热的激情，而这也往往预示着他的对手即将面临厄运。

已经习惯了他朋友结案的迅速，但在周五早新闻中看到米尔沃顿被捕时，华生还是吃了一惊。前小报编辑在早晨的一次突袭中于家中被捕，现被警方拘留。华生等不及听记者关于事件的报道，直奔贝克街。就算迟到惹怒那些监工般的律师也值得。

"关键在美国！华生，"福尔摩斯骄傲地说，看上去像是彻夜未眠但依旧充满了胜利的激情，"我该向你说声抱歉，毕竟你的发现起到了至关重要的作用。"

华生对福尔摩斯的歉意可不习惯，一般他的努力换来的都是批评。在发表了第一本书后，福尔摩斯的评论非常刻薄，认为书中的描述太过感性，不够关注他的"演绎法"。然而加雷斯·雷斯垂德才是最大的受害者。

尽管帮助苏格兰场破了很多备受关注的案件，但福尔摩斯很高兴自己的名字没有出现在报纸上，他从不沽名钓誉。公众只知道是加雷斯与他的同事们破的案，他们的名字和成就被媒体大肆嘉奖。但当华生的书出版后，几年过去了，公众对于警方依靠一个业余工作者获得荣誉之事依旧非常愤慨。纳税人的钱花了，但最后是一个普通公民力挽狂澜。于是，一次公众抗议，一次调查，让加雷斯付出了代价。尽管他并非唯一接受福尔摩斯帮助的警官，但他成了替罪羊——这倒方便了总警司，考虑到他与加雷斯妻子的奸情。

停职后是纪律听证会，结果是如果选择降职，加雷斯还可以留在苏格兰场，但名声已然尽毁。他收拾起仅存的尊严辞了职——不久妻子也离他而去，还在离婚时狠狠敲了他一笔。

"我翻看了你的笔记，"福尔摩斯说到，"其中提到米尔沃顿操控一家政治性网站，www.ileaks.com，里面都是些有趣的内容——尤其是对于白宫腐败的指控。这正是我要的。"

"你知道，尽管米尔沃顿的活动在英国没有犯法，但美国人可不这么看——特别是当涉嫌威胁国家安全时。我只需要找到一些触犯美国法律的内容就能绕开我们的法律系统，根据《2003年引渡法案》，美国有权利引渡违反美国法律或危及其安全的英国公民，即使其罪行发生在英国。"

低级别的证据就够了，涉嫌犯法已经足够美方要求将此人在引渡前拘留起来。

"在我把那个网站的调查结果发给国际刑警时，他们非常感兴趣。原来我们的朋友米尔沃顿一直从一个白宫的内奸那里获得情报，公开这些信息惹怒了我们的美国堂兄。警察查封了他的电脑、文件和存储装置，甚至电话。幸好我在警队还有些关系，拿回一些涉及情色内容的东西，其中就包括……"

他拿出一个U盘，华生满脸惊讶。

"迪拉在电梯里的那段录像？"

"我不能保证这是唯一的拷贝，但不会再有编辑敢采用这个危险线人的东西了。"

过了几星期，华生才得以从幸福的家庭生活中抽身来再次看望他的朋友。在老地方坐定，他又提起迪拉，想挖出更多消息，想知道她之后怎样了。如果在他的下一本书里要写到这个故事，他需要一个更好的结局。

"此事虽然解决了她眼前的问题，但还是无法帮她逃离那人的控制，"华生感叹。

"并非如此，一个让她可以全身而退的机会就要来了。她不是唯一被录下的人。"

"卡特也在和别人幽会？你怎么知道？"

"我设法找到了那卷带子的来源，是旅馆的一名员工。幸运的是，我在内政部稍作了下核查，发现他是非法移民。遣送回国的威胁足以获得他的合作。我让他检索了卡特房间外走廊的监控录像。卡特也曾带人回来，而且'很配合地'在走廊上开始了他们的'亲密'。现在小报主编人手一份这些画面信息，我的一点小礼物。周日版的报纸应该相当精彩。"

"这真是太棒了。但我有些惊讶，你会如此尽力帮助迪拉。毕竟你只对事而非对人感兴趣。你已经阻止了米尔沃顿，为什么还要继续帮她？"

"为了帮一位好男人得到他的女人，或许我觉得亏欠于他，或许我手头没有更有意思的事情可做。"

"你是指电梯里和她一起的男人？你看了带子？他是谁？估计是位名人吧。"

"你自己看吧…"

福尔摩斯把 U 盘插入笔记本，点开文件。华生专注地盯着屏幕，看到迪拉与保镖一起走进电梯。门一关上，她便按下紧急停梯按钮，让电梯停了下来，之后把手放在雷斯垂德的手臂上，将他拉近，而雷斯垂德也低头亲吻了她。

"噢，天哪，"华生惊呼，完全不敢相信。"你之前知道吗？"

"我当然知道。"

"他告诉你的？"

"不是。"

"那如何得知？"

"是袜子。当我见到迪拉时，他俩穿着一样的袜子，而且显然是男式的。娱乐明星一般不会与保镖共用袜子吧。他们还戴着相同品牌的名表，她的包与他的皮带也是同一个品牌。一样的袜子，一样的品牌，换成你也可以看出来。另外，如果卡特对她的监视真的密不透风的话，她的爱人一定是在她身旁而又不会引起怀疑的那个人，一位中年安保经理正好符合这一特征，你不觉得吗？"

"看来好人最后抱得美人归了，"华生笑了，"当然，在他朋友的小小帮助下……"

蓝色水晶瓶一案

【英国 伦敦】卢克·库恩斯

1886年四月，一个刮着大风的夜晚，夏洛克·福尔摩斯一边读着报，一边抽着烟斗。华生坐在壁炉前，火苗正旺，他手里端着一杯白兰地，眼睛微闭。风吹过贝克街的窗缝，发出一阵阵舒心的嘶嘶声。刚过10点，外面的街道十分安静；夜幕降临，微凉的冷风把人们都赶到了室内。

传来几声敲门声，福尔摩斯和华生很快就听到赫德森太太匆忙应门的脚步声。不一会儿，她领着一位年轻的警官走进书房。

"福尔摩斯先生？"他问，盯着懒懒坐着、埋头于笔记和信件中的侦探。

"是，"夏洛克看了看警官，直起身来。

"雷斯垂德督察派我找您立刻赶过去。发生了一起谋杀案。"

"在哪？"

"肯星顿商业街。死者是一位年轻小姐，名叫迪瑟瑞·安德伍德。"

"死因呢？"

"我们还不知道，所以需要您的帮助。"

夏洛克转向华生，他已经睁开眼，站了起来。

"同去吗？"他问。

"当然！"三人一起出了门。

抵达案发现场时，四处可见警察，附近居民也忍不住围观案件的进展。夏洛克和华生被领进受害者的房间，一名年轻的女孩躺在地上。房间没有挣扎过的痕迹，一切正常。

"感谢你能来，福尔摩斯，"雷斯垂德说。

"掌握了哪些情况？"福尔摩斯答。

"死者名叫迪瑟瑞·安德伍德，27岁，是当地一户人家的家庭教师，父亲埃佛瑞特及兄长詹姆斯住在凯姆敦的赫丽街。除此之外，她和这个人订了婚，"说完，雷斯垂德向一位警官招手把人带进来。

"是曾经订过婚，"福尔摩斯纠正。

警官领着一名男子走进房间。他身高6尺、体格匀称、黑色头发、亮棕色眼睛、一脸胡子，带一副小碎花眼镜。

"这是塞缪尔·莫提尔，女孩的未婚夫。是他发现尸体并报的警，"雷斯垂德说。

"你什么时候发现她的？"福尔摩斯问。

"大约 2 小时前，"塞缪尔·莫提尔说。他声音嘶哑、浑身发抖，显得紧张而悲伤。

"你们今晚在餐厅预订了位置？"福尔摩斯问。

"是的，但你怎么知道？"他问。

"我很难想象一个人西装革履，穿着锃亮皮鞋，戴着昂贵的银袖扣和手表，只为晚上呆在家里，"福尔摩斯说。

"这样啊，哦，是的。我们原本约好了共进晚餐。订好了位子，本该 7 点在餐厅见面。等了 1 个多小时，我知道一定出了什么事，迪瑟瑞一般不会迟到这么久。所以我离开餐厅直奔她家。敲了好几下门都没人回答，灯却亮着，我便绕到窗边试图爬上窗户，从窗户往里看看，希望看到些什么。之后，我看到她躺到地上。所以我破门而入，但是太晚了，她已经死了，"说着男人眼睛一红，眼泪掉了下来。

福尔摩斯走近尸体开始调查。

"眼睛呈黄色，"他说，"可能是肾衰竭。莫提尔先生，你的未婚妻有病在身？"

"不，没什么病。"

福尔摩斯弯下身，在女孩颈部周围闻了闻，"这里有些什么，"低声地说。

突然，福尔摩斯喝令道："除了华生和雷斯垂德，所有人都请出去。"

所有人离开后，他扶起地上的椅子，很显然是她生前坐着的那把。

"她闻上去有种味道，"福尔摩斯坐在她的椅子上，看着她的梳妆台。"她坐在这，打扮着，上妆，最后...喷上香水。"

梳妆台的一边放着一个蓝色水晶瓶。福尔摩斯拿起来闻了闻瓶口。

他猛地从面前拿开瓶子，起身走向房间的另一头。

"这就是凶器了。这不是普通的香水，是一瓶灌有液态氰的香水。"

"有人用氰化香水毒死了她？"雷斯垂德问，"但动机是什么呢？"

"这正是我们要弄明白的。"福尔摩斯说。

"未婚夫的情况我们了解多少？"华生问。

"他是位富有的商人，无前科，和罪犯没有来往，来自一个颇受尊敬的家庭。他家拥有伦敦市中心很大一片办公楼，"雷斯垂德说。

"他能因未婚妻之死获利吗？"华生问。

"安德伍德小姐同样家境殷实。父亲在美国淘过金，带着万贯家财回到英国。但他们生活并不奢侈，有可观的储蓄。我看她的保险数额会相当大，"雷斯垂德说。

"但如果是那样，他该等到婚后才能拿到理赔金吧，"华生说。

"带他进来，我想和他谈谈，"福尔摩斯说。

塞缪尔·莫提尔再次被带了进来，他坐在一把椅子上。福尔摩斯拿了另一把椅子，在他对面坐下。

"你们俩打算什么时候结婚？"他问。

"下周五，"莫提尔答到。

"你能想到有什么人要置她于死地吗？"

"想不到，福尔摩斯先生，我真的想不出！"他哭喊着。

"即使是为了她的理赔金？"福尔摩斯扬起眉。

"福尔摩斯先生，如果你是在暗示我和这件事有任何关联的话，那你大错特错了！"

"她是从哪里得到那个的？"福尔摩斯边说边指着那个蓝色水晶瓶。

"那个？我送的，是件礼物。"

整个房间的空气顿时凝固了。雷斯垂德看似已经准备好扑上去了，而华生也紧紧地握住了拐杖的把手，只有福尔摩斯冷静地坐在那里，面无表情。

"你又是从哪儿买的香水呢？"福尔摩斯问。

"从一个叫维特克的老板那里，在利物浦街附近的布里克路。他开了一间香水店。我定购了这种特制香水。"

"谢谢，莫提尔先生。我们将会通知你案件的进展。"

莫提尔离开了房间，再次剩下了3位男士和那具尸体。

"那男人显然隐瞒了些什么。"雷斯垂德说。

"现在还不能断定，"福尔摩斯说，"华生和我要去与这位维特克先生谈谈。我们明早就去，然后通知你情况。现在女孩的死因对外还是保密为好，包括对她的家人。"

福尔摩斯拿起瓶子，注意到梳妆台上一个正面朝下的相框，他把相框立起来，里面是一张迪瑟瑞和父亲以及哥哥的照片。"这个我也带走，"说完福尔摩斯和华生便离开了。

第二天一早，福尔摩斯和华生赶往布里克路香水商人的铺子。店铺外漆了红色，但涂料已经开裂褪色了。窗户灰蒙蒙的，显然很长一段时间没擦过了。

福尔摩斯和华生走进店铺，一串铃声随即响起。架子上杂乱摆放的全是瓶子，地上也是。阳光透过脏玻璃照到瓶子上反射出各种颜色的光。福尔摩斯注意到地板上有十几个装着瓶子的箱子。从通向后方的门缝里，福尔摩斯知道有人来了。不一会，一位上了年纪的人接待了他们。

"你们好啊，先生们，"那人说。

"先生，您好，"福尔摩斯说。

"真抱歉，店里乱糟糟的，我正在打包，"那人说。

"打包干嘛？"福尔摩斯问。

"我打算搬家，关掉铺子。最近继承了一笔可观的遗产，也该是退休的时候了，"那人说，"请问有何贵干？"

"那先祝您搬家顺利，"福尔摩斯说，"维特克先生，我这儿有瓶香水，想请您鉴别一下，可以吗？"

"啊，好的，乐意效劳，瓶子呢？"他答到。

"在这，"福尔摩斯说着，把瓶子取了出来，一只蓝色水晶瓶。

那男人小心地接过瓶子，眼睛瞬间瞪得斗大。

"是什么味道呢，我非常想知道，"福尔摩斯说。

"我——我，"男人吞吞吐吐。

福尔摩斯伸出手，把瓶子举到男人面前，手指放在香水瓶的喷嘴上。

"我来帮您，"福尔摩斯说，但那人用力推开他的手，退到身后的柜台。

"这是干嘛？"华生问。

"把瓶子给我拿远一点！"维特克嚷到。

"为什么？"福尔摩斯问。

男人一把抓起一个很大的容器朝福尔摩斯扔了过来，蓝色水晶瓶被撞掉到地上摔碎了。福尔摩斯和华生捂住脸，看见那人往后跑了。华生正打算追上去，被福尔摩斯叫住了。福尔摩斯在柜台后发现了一张照片，上面除了维特克，还有一张他曾见过的面孔。

"快！华生，我们没时间可浪费了！"福尔摩斯喊到。

"去哪？"赶出店外，远离里面致命的气体后，华生立刻问。福尔摩斯递给他那张照片，指了指里面的人。

"这是谁？"华生问。福尔摩斯把手伸进口袋，拿出那张摆在迪瑟瑞梳妆台上的照片。

"是她父亲，"福尔摩斯说，"我们必须立刻去找他。"

福尔摩斯和华生叫了辆马车，说了安德伍德先生家的地址，便直奔而去。当他们赶到时，正碰到莫提尔先生急匆匆从屋子里出来。他走下台阶时，一阵愤怒的声音传了过来，"别再让我看到你这张脸！"

"莫提尔先生！"

"哦，福尔摩斯先生，很抱歉我没看到您。"

"这是怎么了？"福尔摩斯问。

"是埃佛瑞特，即使是现在他女儿去世了，他还在恨我。"

"恨你？"

"恨之入骨，他一直想要拆散我和迪瑟瑞。现在他如愿了，但换来的却是这样的痛苦。"莫提尔说。

"让我去和他谈谈吧，"福尔摩斯说。

"希望你运气比我好，"莫提尔临走前说。

他们走上台阶，来到门前敲门。一位年轻、微胖的金发男人出来应门。

"请问有何贵干？"他问。

"我是夏洛克·福尔摩斯，这位是华生医生。我们正在调查令妹的案件，想要和您还有您的父亲谈谈。"男人盯着侦探及医生看了会，便敞开门，让他们进来。他们被领到一间小客厅。不一会，一位高个、臃肿的灰发老人走了进来。

"安德伍德先生？"福尔摩斯问。

"是，有事吗？"男人很不客气。

"想谈谈你女儿和莫提尔先生。"

"莫提尔那头猪！"安德伍德脱口骂道，"就是他毁了我的家庭！"

"您应该知道他是您女儿谋杀案的嫌犯之一，任何相关信息都会有很大帮助，"福尔摩斯说。

"我可以肯定他就是杀人犯。"

"为什么这么肯定呢？"

"他碰什么，就毁什么。"

"您能再说得详细点吗？"福尔摩斯问。

男人垂下头，接着说："他们虽本该近期结婚，但他们的结合简直是对神灵的亵渎！那男人玷污了我的孩子。"

"她有身孕？"福尔摩斯问。

老安德伍德目不转睛地盯着福尔摩斯和华生，他儿子在一旁如坐针毡。

"是的，"詹姆斯·安德伍德说。

"你！"老安德伍德咆哮到。

"他们迟早会发现的！"他喊道。

"没什么可发现的，我早就知道了。在检查她尸体的时候，就知道了。而令尊闪烁其词则说明了他知道此事且并不赞同。"福尔摩斯说。

老安德伍德的眼里燃着一团火，一团可以把魔鬼吓出地狱的火，但不一会，他便冷静下来，看着福尔摩斯和华生，说道：

"不错，我的迪瑟瑞确实怀孕了。这是他们结婚的唯一原因。但她其实打算取消婚礼了，只是因为孩子才妥协的。我告诉她我不介意送她离开一阵，就当她去度个长假，然后既往不答。有一段时间，她也有过这个想法，但那个猪狗不如的人改变了她的主意。不过我想他反悔了但又不想让她离开，干脆害死了她，一了百了。"

"安德伍德先生，"福尔摩斯说："您认识一位叫维特克的先生吗？一位布里克路的香水师。"

"不认识，从没听过这名字。我会和香水师有什么联系？"

"有意思，"福尔摩斯说，"那您能解释一下这张照片吗？"说着把那张安德伍德与维特克的合照摆在他面前。还没等福尔摩斯继续发问，房后一阵骚乱。

"他们查到我头上了，我要出城一趟，"闯进房间的人说到。

"啊，维特克先生，很高兴您能加入我们。"福尔摩斯说。那人站在门口，满脸疑惑地看着福尔摩斯和华生。

"华生，别让他跑了！"福尔摩斯喊道。医生冲了过去，一把抓住维特克。

"这是怎么回事？"詹姆斯·安德伍德喊道。

"很抱歉，但正是你的父亲谋杀了你亲爱的妹妹，"福尔摩斯说，"为了所谓的家族声誉。"

"如果你的孩子要和莫提尔这样的禽兽结婚，你也会这么做的。他凭借财富摆平一切。他要的只是我女儿的钱，而我绝不会让他得逞！这就是他的想法，他毁了我女儿，而我也不会放过他，我会拿走他最想要的东西——她的钱！"

"这您就错了，安德伍德先生，这一切和钱没有关系，"福尔摩斯说。

"你怎么设法把香水弄到她手上的？"华生问。

"这好像是我的错，"詹姆斯·安德伍德说，"迪瑟瑞上个周末办了一场订婚派对，我得知莫提尔想送她香水。我便向父亲打听了维特克店铺的地址，让莫提尔去那里订购。"

"然后你抢在莫提尔之前买通了维特克，让他卖出一瓶液态氰香水。作为酬劳，你允诺把迪瑟瑞的人身保险分给他，"福尔摩斯看着老安德伍德，接着詹姆斯的话讲了下去。

福尔摩斯从口袋掏出一副手铐，詹姆斯抓住他父亲的手臂，华生也把香水师推了过来。

雷斯垂德随后赶到，逮捕了老安德伍德与维特克。之后，他们一并受审并因谋杀迪瑟瑞的罪名入了狱。

詹姆斯·安德伍德搬出了原来的公寓，卖掉父亲的家业，再没有和父亲讲过话。而莫提尔在得知迪瑟瑞被害的原因，以及她父亲的执念后，退出了社交圈。带着一颗破碎的心，避世隐居，从此再无音讯。

最后一次静默的谈话

【丹麦　欧登塞】凯瑟琳·赫夫娜

"陪我在这里站会儿吧，这或许是我们最后一次这样谈话了。"

福尔摩斯碰了碰我的袖子，带我来到屋后的露台上，这间美丽的小屋曾发生过多少邪恶的事情！我们把冯·波克捆进车里，转过身，福尔摩斯给我们俩点上烟，看来就像准备要开始书写自己侦探生涯的最后一个章节。

"什么意思？"我问，徒劳地掩饰着话里的忧郁。夜突然冷起来了，月光无情地掀起往日苦涩而甘甜的回忆，也把未知的前程变得模糊。

"我是说你我不会再见了，华生，"沉重的话音在我们之间回响。

"你是说明天不见？"

福尔摩斯一笑，双眼凝视着泰晤士河上黑暗的地平线，"我是说永远。"

"但总不会是…"

"我是说真的，华生，你知道我向来只说实话。"他瞄了我一眼，继续抽烟。夜平添了几分寒意。

"你刚才和冯·波克讲的也是实话？"我语气尖刻，想让他的目光在我身上多停留一秒。

夏洛克·福尔摩斯耸耸肩，做了一个漫不经心的手势，他细长而苍白的手指挥动一团浓重的烟雾向车的方向飘散过去。"那不一样，你知道的。"

他深深地叹了口气，摇了摇头，那表情我再熟悉不过，是他曾经专注破案时的样子。"事实是，华生，"他继续，目光依旧望向远处，"日出前，这个国家将会陷入战争，往日的和平与安全将屈从于邪恶与死亡。波尔斯通庄园的一宗谋杀不过是一片非人道罪行海洋中的小水滴罢了。谁知道我们俩会怎样呢？华生，你将重新入伍？而我继续为政府工作？你知道，抓住冯·波克并非是结束，仅仅是开始。"

我们安静地站在那里。一阵疼痛的感觉压得我喘不过气来，这种感觉和多年前当我以为福尔摩斯在莱辛巴赫瀑布与宿敌莫里亚蒂教授搏斗，最后堕崖而亡时的感觉一样。我周围的世界仿佛停止了，哪怕仅仅是短暂的一秒。

最后一缕阳光隐入了夜色中，头顶上的远星从另一个世界向我们眨着眼。怀着沉重的心情，我正要转身朝车的方向走去，旁边的福尔摩斯突然轻轻地笑出声来，让我吃了一惊。我看着他，想起过去曾多少次想要像他一样看透别人而最后均告失败的经历。他的思绪似乎总是那么遥远，在一个美好的地方，一个我无法想象的地方。

"怎么了，福尔摩斯？"我的声音不抱一丝希望，微弱如耳语，然而这大千世界上恐怕再没无他人可以像他一样勾起我的好奇了。

他笑了，笑得开朗了些，接着开始和我一起追忆往昔。"还记得在斯托克莫兰的夜晚吗，华生？都多少年了？"

当福尔摩斯提到我们的冒险时，肩上的沉重仿佛忽然消失了，那些冒险曾是我生命中的全部。

"我当然记得，"我兴奋起来。"那是我们第一次盯梢。我这辈子都没有那么紧张过！"

"那确实是一宗新奇而有趣的案件，"福尔摩斯用往日职业的口吻说到。

"要说新奇的话，肯定比不上红发会那次吧，"我充满热情地回答，这些年来的过往历历在目。

提到那一头红发的委托人，想起笼罩着他和他那小铺子的谜团，福尔摩斯猛地哑然失笑。

"比不上，华生，还真比不上！"

我想一定是被那一刻所触动了，福尔摩斯突然也兴奋起来，语速飞快。和往日一样，我尽力跟上他的思路，回忆起过去的老案件，那些刺激的冒险，如同发生在昨天。

我发誓，彼时彼刻，那一霎那，时光不再停留在 1914 年 8 月，我也并不是站在一片陌生的露台上，看着这处在战争边缘的混乱世界。我突然发现自己又回到贝克街的旧屋里，坐在福尔摩斯对面，感受着身旁壁炉的温度。外面风雨交加，浓雾模糊了百叶窗后的玻璃；屋内的我们安静地坐着，喝着茶，我读着晚报，福尔摩斯兴奋地埋头整理他心爱的剪贴册。楼下，赫德森太太正准备晚餐，她那传统英式烹饪的香味缓缓地顺着我们狭窄的楼道，一级一级地爬了上来，令我饥肠辘辘。

在那一刻，那个 8 月仲夏的夜晚，贝克街永恒的记忆如潮水般向我涌过来：夜里熏得我眼睛生疼的烟雾；周日清晨，斯特莱迪瓦利提琴那甜美而舒心旋律；从客厅可以看到街上的一切，行人和店铺；当一位新的委托人带着新的故事和案件来到我们门前，我内心的激动，那些故事注定将在我们的生命中留下不可磨灭的印记。

福尔摩斯是对的，这些都是往事了，但无论未来多么难测，没有什么可以改变过去。没有人能夺走那些我们在伦敦市中心贝克街 221 号 B 度过的时光。无论世事如何，那里将永远是我的家。

"那些日子的确挺开心，华生，"福尔摩斯突然说，好像是在回应我的思绪而不是我的言语。

他转向我。多少年了啊，我看着他被月光照亮的脸，不得不承认。我第一次注意到他眼角和嘴边新添的皱纹，我也注意到他渐渐下陷的脸颊和眼眶，黑发中间的几缕银丝。他年纪大了，我提醒着自己，突然意识到自己已经整整两年没来看过他了。

"时代不同了，华生，我们无从选择只能去适应。"他的声音稍许沙哑，口音也略带些美式腔调。

仔细看着他的脸，在那高傲的面容里，我想我找到了一丝悲伤，因为他说的没错，时代不同了。他成长的那个世界，那个属于他的世界，不复存在了，我们的生活，因为种种我们无法控制的原因也消失了。煤气灯被电灯取代，马车被汽车代替。福尔摩斯调查案件时每日都要接触的电报也因过时而少人用了。而他那备受争议，独特异常的演绎法，过去受尽了警方的嘲笑和质疑，现在也成为苏格兰场调查程序的一个部分。

福尔摩斯曾以他创新的思维以及充满激情的果断行动闻名于世，被看作是世界上最高明的罪犯克星。而现在，他与那些谦卑的传说一起，属于尘封的过去，那些故事勾画出了一位非凡的人和他非凡的一生，只不过这幅画已经渐渐褪色。我安慰着自己，人们至少还谈论着友情，忠诚以及奉献。

这些想法并没有让我好受多少，我忍不住自嘲地笑了，尽管竭力控制自己的情绪，原来随着岁月流逝，我愈加敏感了。

面朝前方银色的小路，看着它蜿蜒穿过繁茂的黑色草地，把我们与河岸隔开。我努力说服自己这一切都已过去，永远过去了。再没有什么盯梢，什么案件，再没有赫德森太太或者贝克街，没有"朋友及同事，华生医生"了。

我已感到了初秋的微风，微温却彻骨，现实突然如同远方延绵山丘的月光一般清晰而真实。我们再也回不去了，一切都将不同了。

这时，福尔摩斯清了清嗓子，打断了我的思绪，把我拉回这片孤寂的草坪，这寒冷的夜晚。我感到双腿发软，头也有点儿晕，在经历过这样的一天之后，这种反应当属正常。

"你还好吧，华生？"福尔摩斯这次声音很柔和。毫无疑问，他能体会我的绝望，而我在他面前从来也无法隐藏什么。

"好极了，"我撒了谎，但我只能这么说。不过他依旧看着我，仿佛在说他不相信。

那一分，那一秒，围绕心里的雾突然蒸发了，和聚集时一样地快。他灰色的双眼，那双我再熟悉不过的眼睛，明亮得可以让头顶的群星暗淡，那光亮带着所有联系我们彼此的力量穿透了我的身体。他其实一点都没变，什么都没变。我现在明白了他想让我明白的一切。一时间他又恢复原来的神探本色，神秘地笑着，带着些许温暖，那点温暖恐怕是他那冷静的身体里所蕴藏的全部。

我一定是开心地笑了，因为他也笑了，就好像他一直跟随着我的想法一样。眼前我又一次看到了那个年仅 26 岁，年轻而强壮的小伙子，手里拿着试管，带着年轻人所有的热情，忙得不可开交，充满着对工作无边的动力，幸运的是这一切成为了他的生存状态，也成为了我的生存状态。

我们第一次的相遇时间不长，但足以铭记。恐怕只有上帝知道，在医院底层的实验室里，我们宿命般地相遇，已经过去了多少年？然而我们还在这里，永远的朋友和同事。

"随遇而安吧，"他说，而他总是对的。

当他们朝车走去，福尔摩斯回头朝向被月光照亮的海，若有所思。

"东风将至，华生。"

"不会吧，福尔摩斯。天还暖和着呢。"

"我的老华生！只有你才是这一切变化中的永恒啊！"

丝绸阳伞案

【英国 科舍姆】裴德·帕森斯

　　格拉蒂丝把茶杯放回杯托，朝对面的妹妹凑过身。"福尔摩斯先生？独一无二，亲爱的，而且聪明绝顶！"

　　她点点头，端起杯，挪了挪身子，让自己坐得更舒服些，像是自己有什么功劳似的。她优雅地抿了口茶继续说：

　　"哦，当然他是备受尊敬的人。就是习惯有些怪，或许...不过！他的同事，可爱的华生医生就不同了。绝对是最和善的绅士。"她脸泛红晕，手下意识地抬起来，理了理头发。"总是非常有涵养。"

　　她略带惋惜地说，"不过已婚了。我是没见过他妻子的，天哪，不可能，我们才不可能在同一个圈子里呢，完全不可能，"她正起身轻快的说，"不过我肯定她一定是非常不错的人。"

　　玛裘丽象征性的点着头，姐姐喝茶，她也陪着喝。从以往的经验来看，她知道不打断格拉蒂丝讲话能知道得更多。适时地点头，偶尔扬起的眉毛已经足够让这些闲话继续了。她神情专注，面带微笑，等待格拉蒂丝整理好思路继续往下讲。但格拉蒂丝这会儿不知道要说什么了，倒是想起自己的身份来了。

　　"你过来的路上还好吧？"她关心地问，"没太辛苦吧，我希望。"

　　"非常舒服，"玛裘丽答，"一路上包厢里都只有我一人，乡下的风景真是美极了。不知是不是我的想象，还是今年水仙花开得早了些？"

　　"嗯，我没怎么注意。有可能吧。我没你那么关注这些，亲爱的。"格拉蒂丝往窗外瞟了一眼，看到两个孩子经过，正在追一条狗。

　　"独自一人……"她说着，"嗯，有时候真的不容易。刚开始，我看到长得如此一表人才的绅士来租房的时候……不过，还是算了。不是我的类型，而且太唐突了。不过也没有哪里不合适，你明白的……"

　　"噢，天啊，当然没什么不合适……"玛裘丽打断她，"但为人总要处处小心，对吧？"

　　"哦，这毋庸置疑，人尽皆知，我的出租屋是受人尊敬的。"

　　"那是肯定的，"玛裘丽附和道，"而且屋子也特别精致漂亮。"

　　"谢谢你能这样说，亲爱的。那你家弗兰克呢？他还好吧？"

　　"哦，是的，非常好，谢谢，"玛裘丽礼貌地说。

　　格拉蒂丝总不确定自己究竟是羡慕玛裘丽乏味的婚姻带来的安全感，还是更享受自己只身一人的寡妇生活，以及作为名侦探女房东这令人羡慕的身份。在她看来，无论一个人处于何种境况，另一种选择总有它的吸引力。

"福尔摩斯先生现在在家吗？"玛裘丽这样问，只是想怂恿一下格拉蒂丝，好让她继续刚才的话题，而非真的关心答案。

"不在，亲爱的，"格拉蒂丝心不在焉，"他出去办事了，"她点点头，好像知道一些内幕。"一位女士今早登门拜访。十点半左右的样子，那正是我放好茶壶准备早茶的时间。挺高雅的一位女士。手工披风，做工上乘，靴子也是一尘不染。我看是意大利的。"

"意大利人？真的吗？她舟车劳顿就为了拜访福尔摩斯？"

"不，亲爱的，靴子是意大利的，"格拉蒂丝纠正道，"那位女士一定是英国人，她的口音也属上流社会，她的案子也不同寻常，"格拉蒂丝停了下来，想知道这句话对她的听众有怎样的效果。

"谈话时你也在场？"

"嗯，也没有，"格拉蒂丝坦白，"也不是在场...只是你知道，走廊里的柜子，我总要擦干净吧，所以很自然，我难免听到些对话。"

"声音在木制房屋里确实传得很远，"玛裘丽给了格拉蒂丝一个台阶。

"就是啊，而且福尔摩斯先生的嗓音又那么独特，无论你怎么回避总能不自觉地被吸引。"偷听的借口就这样一递一接，理所当然了，格拉蒂丝继续她的故事。

"好像这位女士的阳伞昨天丢了，很显然是一把非常精致昂贵的伞。"

玛裘丽向前靠近了些，但格拉蒂丝盯着墙面在回忆。

"你还记得我的那把阳伞吗？那把系有黄丝带的？"格拉蒂丝感叹道，"我特喜欢那把伞，弄丢了我很不高兴。"

"我记得。"玛裘丽当然记得了。格拉蒂丝那时为了把破伞大题小作，搞得沸沸扬扬。

"那把丢失的伞，也是黄色的？"玛裘丽追问。

格拉蒂丝缓过神来，看着玛裘丽好奇的表情。"哦，不，不是的！那把是用高档丝绸做的，女士的姑姑送的礼物，她和丈夫好像马上会继承一笔可观的遗产。而如果那位年轻女士把伞弄丢了，姑姑一定会非常不悦。"

"嗯......，"玛裘丽思考了一会，"故事里还另有隐情吗？像什么用计剥夺那对夫妇继承权之类？"

"也有这种可能，"格拉蒂丝附和。

玛裘丽皱眉，"但福尔摩斯先生对丢失一把阳伞这档小事不会感兴趣吧？"

"噢，不！格拉蒂丝反驳道，"福尔摩斯先生对这类事的直觉都很准确。而且，他经常说凡事并非如看上去一般简单。"

"那么，福尔摩斯先生也怀疑其中另有隐情？他现在就正在调查这件事啦？"玛裘丽问。

"是，他今天很早出的门。噢，我这是在想什么呢？你一路颠簸一定累坏了。我还在这里啰嗦，害你都没有机会告诉我你的近况。亲爱的玛裘丽，见到你太好了，"格拉蒂丝探过身，轻拍了她妹妹的手。"但我们现在该走了，明天一早得告诉我你、弗兰克还有孩子们过得怎样？"

黑暗中，玛裘丽倏地睁开双眼。她确信是有东西把她吵醒的。仔细一听，确实，一阵稀稀疏疏声，隐约听到门嘎吱一响，走廊上的光透进来照亮了她卧室门框的四周。她爬下床，小心翼翼地朝那边走去。楼下有人声。

"快过来，我亲爱的伙伴，这就对了，坐下。"

几声衣服摩擦皮椅的声音。

"我亲爱的朋友，你再一次把我从堕落的边缘拯救了回来。"

"好吧，是啊，我猜就能在那破地方找到你。"

"与天使和魔鬼一起，"一个声音低沉地吼到，上流社会口音，尽管舌头有些打卷了。"解决这案子的关键就在那儿。"

"我真觉得你该把那东西戒了，你知道，那对你不好，"另一个温柔些的声音说道。

"我的挚友，改不了当医生的毛病啊？但那东西对我才好呢！它是我的灵感！我的缪斯女神就在鸦片腾腾的烟雾中对我喃喃而语。那醉人的罂粟花，长在遥远的野地里，它释放了我的思想，赐给我东方的智慧。那些我所看到的，一切全都清晰了。"

"明天当你头痛的时候，你同样会诅咒它的。"

"你真是个可靠的伙伴，华生，最棒的朋友。即使在你错的时候。我有说过我多在乎我们的友谊吗？"

"来的路上，至少说了十几次吧，我的好伙伴。现在睡觉去吧。明天必须结案，我怀疑费用花得差不多了。"

玛裘丽脚感到背上一阵凉风，说明前门开了，之后门很轻地被关上了。她来到窗前，正赶上一位中等身材、衣着得体的人消失在人行道上。黑暗的屋子再一次沉浸在安静中，只剩下大厅里的老爷钟嘀嗒嘀嗒。

当玛裘丽再次睁开双眼，阳光已经穿过窗帘透进房间了。格拉蒂丝第二次敲门后，端着茶盘走了进来。

"我想你或许想在床上吃早茶，亲爱的。我想你在家可没有这样的机会，一大早就要照顾丈夫孩子。"

玛裘丽笑了，扭身坐了起来，"你太客气了，看上去真不错。"

格拉蒂丝把托盘放在一个小桌上，倒了杯茶，递过去，然后给自己也倒上。

她在床边坐下。

"昨晚睡得可好？"

"噢，很好，谢谢。"

"没什么打扰到你吧？"

原来格拉蒂丝也听到了，玛袭丽想。

"没有啊，什么都没有，"她答道，一边抿了口茶。

如果格拉蒂丝昨晚也听到了福尔摩斯和华生的对话，现在可没有必要把话题引到那上面去。况且，女人还要考虑自己的尊严呢，玛袭丽可不愿伤到她姐姐的自尊，别人可是英国最著名侦探的女房东。有些事还是不说的好。就像她自己婚姻的不幸，弗兰克的臭脾气。面子还是要保住的，尊严还是要维护的。不然在这艰难世道，还能靠什么生活。

"现在嘛，"格拉蒂丝说，打断她的思绪，"跟我讲讲弗兰克和孩子们。"

玛袭丽笑了，"哦，你知道的，弗兰克很努力，我们得过且过。乡下远不如这里的生活有意思。孩子们也长大了。伊丽莎白11岁了，开始在牧场帮忙了。没她我真不知该怎么办。杰弗里每天早上喂鸡，在田里帮他爸爸。天气还算不错，今年我们应该有个好收成，经过去年的大灾，也可以让我们喘口气了。"

格拉蒂丝同情地点了点头。她垂下眼看着自己的茶杯，问：你的手呢，好些了吗？"

"好些？哦，是的，"玛袭丽揉了揉自己的右臂。"现在好多了，谢谢，太笨了，在院子里绊倒。生活了这么些年，我还是那么粗心。"

"笨？怎么是笨呢？"格拉蒂丝扬起眉毛。"幸好当时弗兰克在那，没什么永久性伤害吧？"

"没有，骨头现在都愈合了，医生是这样说的。就像我说的，只是一次愚蠢的事故，"玛袭丽漫不经心地说。

"那就好，"格拉蒂丝说，"你起床更衣后，我想我们可以一起散步，午餐前我还有些琐事要料理。"

早餐时没有看到格拉蒂丝的租客，之后几小时，玛袭丽帮格拉蒂丝料理家务，一直到离开屋子前都没见着他。床整理好了，厨房地板也抹干净了。然后，她们穿着便鞋，打着雨伞，沿着贝克街散步，之后转进马里尔伯恩大街。

"我几乎忘了这些建筑有多高了，还有这臭气冲天的下水道，哦，还有这噪音！"玛袭丽惊叹，一个男人拿着一捆报纸，在她左边，吆喝着一些听不清的东西。

"你久了就会习惯的。"格拉蒂丝从伞下探出头。"好了，雨停了。"

把伞收起来，用作拐杖，她边走边敲击着人行道的路面。

玛袭丽把自己的伞夹在臂下，一道走着。"城市太忙碌了，人们的生活节奏太快了。你有想过吗，如果你待在乡下，一切会有多么的不同？"

"有啊。"格拉蒂丝答到，"经常想。"

她其实痛恨乡下。她觉得那些猪又脏又臭，还有他们那味道！她宁愿每天闻着城市下水道的味道。至少你可以到室内关上门把味道锁在外面。在乡下这样的奢侈可是享受不到的。

猪的臭味沾满了一切，直到你确信自己也闻起来像头猪。

"我们去哪？"玛裘丽问。

"去取东西。"格拉蒂丝咬了咬嘴唇，"玛裘丽，有时人们太过聪明，光顾着看贝壳而忽略了整片沙滩。"

警员把两位女士领进一间整洁、装饰得当的办公室。

"女士们，麻烦稍等片刻，"他向她们示意，指着桌前的两张椅子，那张桌子看上去十分昂贵。"雷斯垂德探长一会就过来。"

雨滴又开始敲打窗户。格拉蒂丝转过头看着这么大的雨，刚想建议玛裘丽等会打车回家，不管多贵，这时门开了。

"格拉蒂丝·赫德森！"一位衣着光鲜的高个男人问候道，他的胡须随着他的话语有节奏地抖动着。"真是稀客啊！能够为您效劳真是我的荣幸。"他牵起格拉蒂丝的手。

"这是我妹妹，皮尔曼太太。"格拉蒂丝用另一只手指向玛裘丽。"事情是这样的，探长，福尔摩斯先生今天身体稍有不适，他请我代取一件东西。"

"噢？希望不是什么大病。"

格拉蒂丝没有接下去，"他很确定这件东西将会在这里。"

"好的，无论是什么，我都希望能为我们的朋友福尔摩斯先生效劳，我们可不止欠他一两个人情了。他让您代取什么呢？"

"是一把阳伞，蓝底的丝绸布料，系着淡紫色丝带，"格拉蒂丝说，"伞柄是象牙的，上面刻有文字，'力量源于忠诚'。这把伞周二早上被遗忘在一辆马车上，车夫已经把伞交给失物招领部了。"

"好的，我看看是否有这样一件物品。"雷斯垂德打开门，朝走廊喊了一声："吉灵斯！"

一位警员应声过来，得知阳伞特征后，敬了个礼就去找。

探长靠在桌边，顺手从盒子里取出一支雪茄。

"女士们，你们不介意吧？"

"不介意，"格拉蒂丝打消了反对的想法，"我已经习惯了绅士们抽烟。"

他点燃雪茄，抽了一口。刺鼻的烟味弥漫整个房间。"皮尔曼太太，您打算在伦敦长住吗？"他问。

玛裘丽笑了，"恐怕就几天而已，我丈夫和孩子会想我的。"

"那是当然，"探长若有所思地朝天花板吐着烟圈。又转向格拉蒂丝，"您是不是…？"

吉灵斯再进来时拿着一把象牙把手的精致丝绸阳伞。

探长把伞放在手里左右看了看。"好吧，我服了。他怎么做到的？他怎么知道这把伞会在这里？我是说，就这把而不是别的？太神奇了。我佩服得五体投地。"他把阳伞递给格拉蒂丝。"请转达我的问候和祝福，希望福尔摩斯先生早日康复。"

"谢谢。"格拉蒂丝站起身，"福尔摩斯先生希望您能对此事保密。事实是涉及这件事的这位年轻女士……，我想您一定能体谅处理这种情况需要多么地小心。"

探长抬起眉，"嗯，这样啊，哦，我明白了。"他用食指碰了碰鼻子的侧面。"你完全可以信任我，谨言慎行就是我的座右铭。"

"谢谢了。现在我们要告辞了，不然就来不及准备午餐了，再次谢谢您，探长。"

"荣幸之至。需要帮您叫车吗？你看，雨下得很大啊。吉灵斯！"

车夫抖了抖缰绳，马踏着平稳的小步跑了起来，玛裘丽却皱起了眉头。

"你是怎么知道阳伞会在这里的？"她低声问，"我很惊讶为什么车夫没有将它占为己有然后卖掉，你怎么知道他不会呢？"

格拉蒂丝笑了："我不知道。但你要知道，玛裘丽，这世上还是有很多诚实的人，即使是在伦敦。如果一位车夫想留住富有的顾客，他的名声可是很重要的。我想那位不愿别人知道自己丢了伞的女士当初是亲自在街上叫的车，而不是让佣人雇的。车夫不知道她的下榻之处，所以没办法归还。唯一保险的做法是交给警局。"

"福尔摩斯先生知道你已经找到了阳伞，一定会很高兴吧？"玛裘丽兴奋地说。

"我不会告诉他的，"格拉蒂丝坚定地说。

"但……那你怎么……？"

坐在车里，格拉蒂丝轻拍了她妹妹的膝盖。"我亲爱的，你是结过婚的人，曾几何时我也是。我们都知道男人是怎样的，就算是像福尔摩斯先生那样聪明的男人。他不会深究此事的，因为那意味着向女人承认有些事自己是不知道的。男人的自尊可不允许有这样的事。因此我会告诉他我们散步时，天开始下雨，我们打车回家。我们惊讶的发现车厢里有人落下了一把阳伞，他会相信我的。我会把伞给他看，之后跟他说，与其留在车厢里被车夫偷掉，我决定把伞拿去警局的失物招领处。"

"这样一来，"玛裘丽插嘴道："他会坚持替你把伞送到警局。"

格拉蒂丝笑了，"正是"。

"而阳伞的主人，"玛裘丽继续，"将会过来取伞，顺道把咨询费给付了。"

格拉蒂丝眨了眨眼，"我的房租也有了，之后呢，我继续当史上最伟大侦探的女房东。"

消遣

【英国　伊里斯】艾瑞安·迪威尔

夏洛克已经 18 天没接到案子了，无聊至极。第 19 天约翰离开了 6 小时，当他终于回家时，他左脚的鞋子（依旧穿在脚上）被裹在一个塑料袋里。

"好吧，"他开口说，"我逛遍了伦敦，打了一辆车去了 6 个不同地方，每个地方都在土里站了一会。你的任务就是分析出我究竟去了哪些地方，顺序又是怎样的。"

坐在沙发上，他把左脚一抬，放在夏洛克的大腿上，有些疯癫地朝他笑。"一只脚的游戏。"

疯上校的冒险

【俄罗斯 科斯特罗马】埃夫基尼亚·兹米那

"华生，你参战过，对吧？该知道战争是什么样的，"福尔摩斯说。

尽管他说这话时，脸上带着笑，但我可以看出他有些心烦意乱。我们的房间乱得不成样子，空气里满是尘土。

"我经历的那次战争，不一样，"我答道，从地毯上捡起一块瓷器碎片。"没有炸弹，没有空袭。我觉得自己像人质一样，困在伦敦。他们在轰炸我们，而我们正坐以待毙。"

"我们能做的不多，"福尔摩斯说，看着被空袭震碎的玻璃，又是新一轮臭名昭著的伦敦闪电战。"所以，我们必须冷静，坚持下去，就像新海报宣传的一样。你看过了吗？华生，'这就是真正的大英精神！'"

"这种日子，哪怕最坚强的英国人也会发疯的。沃伯顿上校就是，太惨了。你一定读到过，噢，我忘了。你除了犯罪新闻和私事专栏（寻人、讣告、离婚等），其他一概不读。"

"沃伯顿上校怎么了？"

"他不幸丧子后疯了。儿子是拆弹部队的一位年轻军官。你知道的，都是皇家陆军工兵。没什么经验。一颗炸弹意外爆炸了。老上校满城游荡，喊着他的名字，见人就问知不知道哪里可以找到他儿子。"

门铃声打断了我们的谈话，房东赫德森太太通报说一位女士想要见我的朋友。

"她心神不安，可怜的人儿，"赫德森太太说。

"很奇怪，人们开心时怎么从不来拜访我，"福尔摩斯自嘲道。

不一会，那位女士来到客厅。她衣着不俗，面容姣好，但眼神有些尴尬且满脸迷惑。她的双唇颤抖着。

"您请坐，"福尔摩斯说。

"福尔摩斯先生，"她说，"我听说您能帮人，而我现在迫切需要您的帮助。我名叫伊丽莎白·沃伯顿，沃伯顿上校的妻子。或许您早有耳闻他的事……"

"是的，"福尔摩斯说边看了我一眼，眼里充满惊讶。"对您家庭的不幸我深表同情，丧失独子的痛苦…"

"福尔摩斯先生，"女士打断道，她的声音忽然变得坚定起来，"这正是我来的目的。问题是我从来没有过孩子"。

福尔摩斯正打算用演绎法推断女士的生活信息以展现办案技巧，听到此言，十分诧异。

"但沃伯顿太太，您丈夫，那个，他的情况……不是您丈夫说他失去了儿子，大卫·沃伯顿吗？"

"是，他确实常常这样说。但有时也不会，"她犹豫了一会，"我觉得我丈夫不是真疯。福尔摩斯先生，当詹姆斯没注意我在看他的时候，他脸色就变了。他看上去很正常。但一会他就开始谈论'他儿子'，我真是不知所措了。失心病不是要基于一些真实事件吗？他万一真要有一个儿子呢？一个私生子，而我完全被蒙在鼓里，正是他的死把詹姆斯给逼疯了。那些流言已经不绝于耳了。"

"您为什么不去咨询一位心理医生呢？这才比较合理啊，"我问。

"我已经去过了。一星期前，一位世交邀请了布朗医生与我们共进晚餐。布朗医生觉得我丈夫或许精神上有些问题，但他也承认无法仓促地作出判断。"

"那么，您可以等医生再观察一段时间，不是吗？"

"但关于儿子的幻觉不会凭空出现，不是吗？一定是有另一个女人，那孩子，那年轻人。如果他的死对詹姆斯造成如此大的打击，福尔摩斯先生，我希望您至少找到一些关于沃伯顿中尉的消息！"

"很抱歉，"福尔摩斯说，"但我通常不接这样的案子。不忠的丈夫，疯还是不疯，有没有私生子，我都没有任何兴趣。"

"噢，福尔摩斯先生，求您了！我无处可去了。哪怕一点点消息都好，我至少知道我该怎么办，该怎么做。只要找到关于这个儿子，这位大卫·沃伯顿的信息。"

"那好吧，"福尔摩斯说，"我尽力而为。"

这位女士离开后，福尔摩斯一脸愁容。"我把这看作是我的'堕落'"。他说，"我，私生子案件！老上校显然有秘密，他的精神崩溃打开了装满家族丑闻的柜门，而他儿子的尸骨就在其中"。

"黑色幽默，不大适合吧，福尔摩斯，"我说。"那位女士已经这般痛苦了，我们是可以帮她的。"

"这事是我一时心软许下的一个愚蠢的承诺，都怪这场空袭把房间搞得乱七八糟。我没有给她丈夫推荐一个好医生而是给了她希望！"

"找出这位年轻人的消息应该不难，然后就知道是确有此人还是那位可怜的疯上校的幻觉。况且，你从来没对乱糟糟的房间有过什么意见，现在又何必介意呢？"

"也是，"福尔摩斯闷闷地承认，"还是好过无事可做。战争当前，犯人都忘了要去犯罪了，如果没什么更有意思的事，我尽量去找找这个儿子的信息吧，如果可能的话。"

"再说，据他太太描述，上校的行为着实古怪，一会儿看上去正常，但一会儿……"

"作为医生，你应该知道诊断一个人是否疯了是非常困难的。人的大脑是黑暗的，"福尔摩斯打着呵欠。"不过，我的可不是。我只能说我是个特例。而那位女士，很自然希望她的丈夫是正常的，所以无法相信眼前的一切。"

接下来的两天，事情毫无进展。福尔摩斯唯一的发现就是上校确实像个疯子。他游走于军方的办公室附近，火车站周围，见人就问是否知道沃伯顿中尉。但除此之外，也就没什么了。

许多认出他的人都对他置之不理，尽管他们心生悲怜，看着他高大的身影近乎乞求："你能告诉我沃伯顿怎么了吗，大卫·沃伯顿？他是我儿子。他不会死的，我知道他不会的。"

但福尔摩斯的调查却显示上校没有任何子嗣，无论是否私生。

对这件怪事我也毫无头绪，每次我想得出一些结论，却在一堆乱麻里越陷越深。

"现在总结起来就是他想要找到他那从未存在的儿子，而这幻想出来的丧子又把老头逼疯了？福尔摩斯，这简直荒谬！完全没有道理啊！"

"当然没有道理，我们谈论的可是个疯子！"福尔摩斯答道。"你在看什么呢？华生，《哈姆雷特》？另一个疯子？"

"福尔摩斯，你不欣赏戏剧，不表示它一无是处。而且，哈姆雷特王子不是个疯子，有文化的人都知道。听这段：'这虽是疯癫，然而其中却有条理可循。'"

一日我回到贝克街的家中，发现有客人曾造访过，空气中弥漫着迈克罗夫特·福尔摩斯最喜欢的雪茄味。

"你是对的，华生，"福尔摩斯说，看我徒劳地咳嗽着，"迈克罗夫特一刻钟前刚走。"

"他有事吗？"

"不过是说要我揪出间谍，拯救世界云云。陆军部有内奸泄漏情报。我们的军事机密被透露给了敌方。"

"陆军部有内奸？！"

"不，迈克罗夫特觉得非常有可能，但又…"

"你打算怎么办？"我问。

"嗯，首先要做的就是快点了结沃伯顿的案子。大卫·沃伯顿完全是个谜，我竭尽所能了。他完全是上校臆想出来的。而最难办的是说服上校太太另去找位高明的医生，或许能解释这位老先生不幸的原因。"

"你还记得吗，华生，"福尔摩斯继续，"沃伯顿太太来找我们时，你说过她需要的是心理医生。对可怜的上校而言，找一家疗养院可能要比让他这样游荡伦敦要好些。如果他真如太太所怀疑的隐瞒了些什么，也没有任何的证据支持。她只是不愿接受这残忍的事实罢了。对她来说这太困难了。因为丈夫的情况和家里的经济负担心力憔悴。但我真的没办法，上校需要的其实是医疗护理。"

"他倒是让我有些好奇，这位上校，"我说，"我很想亲自见见他，纯粹出于职业兴趣。"

"太好了！那当我与沃伯顿太太讲话的时候，你就可以支持我的观点。接下来，我就可以集中精力处理迈克罗夫特问我的事了。那天你也说不能就此坐以待毙。我们为国效力的机会来了，也是一个更富挑战的机会，为了公众的利益。现在就剩沃伯顿了。我们现在就去看他，然后去他太太那里，把案子结掉，把你背的莎士比亚都用上。"

"要哪去找他呢？我们大概要花上几小时去找到这位怪人！"

"要找沃伯顿上校真是再容易不过了。基本上他每天都做同样的事。你可以把他当作是某个银行的职员，每天上下班都在完全相同…"福尔摩斯突然停住了，像被什么击中了一般。他脸上每每提到沃伯顿上校就会出现的慵懒神情也变了。

"'这虽是疯癫，然而其中却有条理可循……'华生，我说过多少次了，你就是一切灵感的源泉，快走，不然我们就晚了！"

灰色的飞艇，灰暗的城市，灰蒙的天空。福尔摩斯几乎一路奔跑，我都快跟不上了。

"福尔摩斯，半小时前你都不知该怎么摆脱这起案子，而现在你飞奔着好像你才是疯子，而不是上校！"

"有条理可循，华生，有条理可循！"

"此话怎讲，福尔摩斯？"

"现在我只能说我简直有眼无珠，盲目到如果你决定写今天的事，你可以毫不掩饰的如实记录，华生！我犯了一个你经常犯的错误。我只是在看，而没有去观察！"

我们赶到火车站，那位老绅士果然在那里，在站台上。他看上去精透了，问着他的老问题。路人将他推开。看着他，我的心被刺痛了。

"我们为什么要跑呢，福尔摩斯？他有危险吗？谁会伤害他？"

"看看他，华生，告诉我你怎么想，"福尔摩斯静静地说。

我越看就越同情他。老人的痛苦让人不忍再看。一群年轻的军官从月台上走出来，他们有说有笑，讨论着。老上校背对着他们，我们可以看到他的侧面。

"如何？华生，"福尔摩斯说，我从他的声音里察觉到了胜利，"他现在在做什么？"

老人的嘴唇嚅动，好像在数数或者反复地自言自语些什么。他一边这么做，一边抬起头，我惊讶地看到他脸上精明算计的表情。他缓缓地转过身，看到了我们。他冷酷的神情看上去十分正常。

"快，华生！"福尔摩斯喊到，上校正要拔枪，但身后的一群军官，加上福尔摩斯如闪电般向他冲去，让他完全没有机会。

迈克罗夫特人虽走了，但空气里的雪茄味总散不开。他正赶去审问沃伯顿上校。

"两起案子一小时告破，"我说着，完全摸不着头脑，"我得承认自己像个笨蛋，我还是不明白在火车站台上发生了什么，除了上校被捕。"

"你不该对自己太过苛求了，华生，"福尔摩斯回答，"我何尝又不是笨蛋呢？沃伯顿太太给了我最重要的事实，她说过她丈夫大多数时候看上去都挺正常。但作为女人，她更关心关于上校可能的外遇，而当我听到这一解释时就对此事失去了兴趣。我观察过他很多次，但我心浮气躁，我没能看出其中的规律，直到你问我，在哪里可以找到上校。他从来只和军方的人讲话，而他看上去总像是在记忆或是自言自语。这件案子需要彻底细致的观察力，但接受这样一件无足轻重的小案子伤了我的自尊，让我无心仔细观察。而且，我忽视了一个你从来不会忽视的方面。"

"哪方面？"我有些受宠若惊。

"感情。我只是尝试用逻辑去理解，但他靠的是感情。"

"你指谁的感情？"

"那些沃伯顿上校身边的人。对上校的外遇，有些人的好奇，带着些落井下石的感觉，无论是确有其事还是捕风捉影。那些长舌妇对这样的丑闻一丁点都不会放过。另一些人看到这位老头风流的下场也感到同情。你不也同情他吗？那些同样失去了至亲至爱的人对他更是深感同情。而他正是利用了这些感情，把貌似不可能的事实放在一起，装疯卖傻，尽管他的疯是有条理可循的。然而人们却把他看作受害者，这正中他的下怀。"

"而他是个间谍。他为什么这么做呢？钱？你说过他家经济状况不怎么好。"

"一定是这样了。"

"这简直令人发指，不管他的动机是什么。但他的伪装倒是别出心裁，不是吗？人们认为间谍都是潜伏在暗处，而他把自己的疯癫闹得满城风雨。你觉得他真的窃听到了很多机密吗？就凭着四处游荡偷听军方的谈话？"

"这里一句，那里一段。他自己完全可以拼凑出大局，或是发现关键信息。但我们阻止了他，而且帮助国家向胜利又迈进了一步，无论这一步有多么微不足道。哦，对了，华生，你看到新政府的海报了吗？'嘴不严，可沉船'"。

"迈克罗夫特的主意？"

福尔摩斯耸耸肩，笑了。

走在环形路上

【美国　宾州罗斯蒙特】凯瑟琳·麦克凯恩

坐下，与两位知名绅士作伴
注视，见他们将手伸进蜜罐
那双手关节仍未枯朽
那双手皮肤无暇依旧
阳光之下金色的柔滑闪耀
甘甜源自多年的辛勤酿造
赐予他们的礼馈
何止营养与美味

我漫步蜜蜂振翅所不及之地
向站在街角的男人致敬行礼

巡逻警探迈着疲惫的步履
沉沉斜倚于这雾都的一隅
他诚邀我共享雪茄的香醇
我却对他的姓名一再追问

你是加伯利

乔治

格瑞

还是格雷戈里？

继续向前，忽见两人藏在暗里
他们坐着，在陷阱旁盘算诡计
其中一个，惬意地躺进皮椅
木制墙面，壁炉火光幽幽
满桌食物，尽是佳肴美酒
而另一个人
以欺压恐吓为生
以鉴定白垩为证

迈步前行
指尖划过一扇熟悉的大门
步入熟悉的医院记忆犹存
在死亡气息弥漫的此地
诞生出一段非凡的友谊
超越了生命的简单定义
从中又能推演出什么意义？

更远方
见一学生牵着他的狗
紧握的链条突然脱手
狗扑上别人见腿就咬
这一口引发多少纷扰

退到最远的边缘
我终于在一扇普通的窗前
瞥见了一个不知名的地点
聚集的人们面孔模糊难辨
我目睹了一个名字的显现
最终的决定
还好，不是夏瑞福德
而是，夏洛克

我经过这番游历
仅留下一串墨迹
仍然能及时赶回
分享蜂蜜与茶水

一切的开始

【英国　诺福克】安娜贝尔·罕默德

约翰·华生一瘸一拐地走进教室，尽量避免用受伤的脚踝着力。教室四周有许多颜色明亮的画正瞪着他。他垂头丧气，完全感觉不到画中的欢愉。

班里静了下来，老师走近他。一位上了年纪的女士，一头灰发，甜甜地笑着。"你一定就是约翰了，我是赫德森太太，你今年的老师，欢迎来到 5 年级。"她欢快地拍着手，笑得脸就要裂开了似的。"请找个座位吧，喜欢哪里就坐哪里，"边说边轻轻地在他肩上拍了拍，他的身子因此向前倾了倾。其它孩子噗嗤地笑了起来。"噢，真对不起，你需要帮助吗？我不知道你的脚受伤了，"她皱着眉说。

约翰满脸苦闷。他只是把脚扭了，又不是不能走路，他完全可以照顾好自己。"我没事，"但这话还是没能阻止赫德森太太扶起他的胳膊。他甩开她的手，向前走。"真的，我没事，自己能行，"说着约翰背过身。但背包却拉了他的后腿，他的爸妈给他背了一书包没用的书。

约翰放眼想找个空座，只有一处。他向那个位子走去，其它孩子嘀嘀咕咕地交头接耳。位子在教室后面，桌面上是空的。貌似坐在那里的男孩并没注意教室里发生的一切。男孩很高，一头黑色卷发，刘海遮住了眼睛。他长得有些苍白，高高的颧骨。你都可以想象他高高在上鄙视你的模样。他身穿黑 T 恤和黑裤子。与约翰在一个班，他看起来太过成熟了，毕竟他们没有一处相似之处。

约翰一头金色直发，圆脸，才 10 岁就有了抬头纹。身穿一件针织套头衫，是妈妈织的。妈妈硬要他今天穿，说是为了给同学一个好印象。他嘟嘟地抱怨了一下，也没有反驳。他穿着牛仔裤和一双远房亲戚留给他的皮鞋。实际上和面前这个孩子相比，约翰觉得自己更像一个孩子。那男孩暗灰色的眼睛把他上下打量了一番，之后重新注视着窗外。

约翰走到桌前坐下，把背包扔到地上。窝进他的凳子里，松了口气，终于可以让腿休息一下了。他在想旁边这个奇怪的男孩是谁，看上去好像挺自闭也不招人待见。约翰咳了几声，想引起他注意，他却回瞪了一眼，之后又扭回头去。

在前面，赫德森太太开始讲物质的属性。约翰并没专心听讲，因为他只想弄清楚同桌究竟是何许人。

"盯着我看也回答不了你的问题。除非你有我的观察能力，而我不认为你有。我叫福尔摩斯，夏洛克·福尔摩斯"，男孩最终转过身来看着他。约翰有点懵了。他礼貌地伸出手。夏洛克却只是看着，胳臂插在胸前。

"约翰——"他开始说道。

"约翰•华生，你最近搬到这里是因为当地医院有一个更好的岗位聘请了你父亲。你母亲是家庭主妇，好像花了很多时间在织毛衣上，你的套头衫就是她的作品，当然，这并非她的最高水平，"夏洛克刷地说了一长串。他语速飞快而且表情严肃，甚至让约翰迷糊了一阵。约翰目瞪口呆地看着他。

"你——你怎么知道这些的？"他连话都说不清了。

"观察和推理，"他语气肯定，"别在意，你还没聪明到能够理解这些，更别谈掌握这门艺术了。华生，请你把嘴合上，我都可以看到你两处补牙的地方了，一处白，一处灰。你去年吃了太多糖，这很显然就是你的脸这么胖的原因。过些年你就能减掉了。哦，还有你的腿，走路一瘸一拐的，像是丢了魂似的。你一直都把重心放在右腿上。我推测你最近从树上跳下时把左腿扭伤了。你的医生会告诉你，你的脚踝是二级扭伤。我打赌你的脚踝还有瘀青。你那双土气的棕色皮鞋一定是别人送的，不然谁会买这么难看的东西？"

夏洛克停了下来，尽管说了这样的话，却给了约翰一个尴尬的微笑。

"嗯，好吧，你说的基本都对，"约翰说，皱着眉低头看着桌子下面。夏洛克让他很不自在。

"夏洛克，你一定是有事要和全班同学分享吧？"赫德森太太的声音穿过教室。

"我可不想炫耀什么，赫德森太太，"提到这名字他一股不屑。

"噢？我可不认为你有这样的本事，福尔摩斯先生，你尽管来试试，"她假惺惺地笑道。

"既然这样，那我们就开始吧，"夏洛克十字交叉，像是要做祷告。全班都转过来盯着他，这让约翰更不自在了。穿着羊毛套衫的他开始出汗了。

"你刚才教大家金属很结实、很硬、有光泽而且是很好的导体。这些简直无聊透顶，蠢驴都可以告诉你这些，"他说着，嘴角上扬。灰色的眼珠来回游走，就好像在看一幅地图。"我能告诉你，金属具有延展性是因为它们由很多层原子组成，当被弯曲或者重塑时，原子层将向彼此滑动。当外层电子被释放时，金属也可以形成大型的结构。自由电子和金属离子可以形成金属键。这些可以了吗？还是让我继续？"福尔摩斯转过脸，得意地一笑。

约翰完全不知道夏洛克在说什么，他不懂像延展性之类的词。毕竟他才 10 岁，看看班里其它的同学也是满脸惊讶。赫德森太太站在教室前面，手叉着腰，脸红像个番茄，汗珠也从眉间沁了出来了。

"福尔摩斯先生，我们或许应该到教室外面谈谈，"她咬牙切齿地说。

夏洛克站起来，瘦削的身躯俯瞰着整个教室，他从旁边的桌上拾起一根铅笔，便站到了一旁。同学们都默默地看着。他笑着继续往前走。走了几步，他把铅笔扔了出去。只差一寸，铅笔就会击中赫德森太太的头。简直是擦发而过。夏洛克走出教室，把笑声留在了身后。

班里一下子叽叽喳喳起来。没人理会约翰，他自己看着门外。这男孩太不可思议了，没人能像他那么聪明。他只有 10 岁但绝对非同凡响。约翰完全无法理解刚才发生的一切。

赫德森太太在教室外大喊大叫，回来时浑身发抖，满头大汗。夏洛克没有回来。"现在，所有同学都出去玩，好让我想想该怎么惩罚福尔摩斯先生，"她强忍着愤怒说完这些话。

同学们纷纷夺门而出。约翰单腿一跳一跳地来到操场上，他又是一个人了。附近有张长椅。其它同学都在玩贴人游戏，椅子空着。他走过去，坐下来，把腿舒展开。顾不上脚踝的疼痛，尽管痛，但如果他不锻炼就好不起来。

他看着其它的孩子们跑闹着。想着这游戏真傻。你又不能从跑来跑去中得到什么。约翰又不想做世界上最健康的人，所以也不明白四处跑几小时有什么意思。他也没必要从谁那逃开，特别是如果他梦想成为一名医生的话。他无须全力在医院里跑来跑去。

"真傻，对吗？"身后传来一个严肃的声音。约翰转过身，看到福尔摩斯站在那里。现在他穿着一件黑色外套，看上去并不是很适合他瘦高的身躯。他走过来坐下，翘起腿，手也插在胸前。约翰点点头。"人本该做有意义的事，但这些人太笨了，说实话这游戏甚至连点趣味性都没有，"夏洛克用眼睛瞟了一下操场上的人。

"如果这都无趣，那什么有趣？"约翰鼓起勇气问。毕竟他也很好奇。

"有趣？只有普通人才会觉得跑步有趣。有趣，是解决没人能解决的难题，是自我挑战，成为最厉害的人。眼观六路，滴水不漏，因为有一天或许这些会救你一命，"夏洛克说着，为他定义的有趣兴奋起来。

"我想做一名医生，"约翰因为紧张，脱口而出。夏洛克转过头，看了看他，眉毛扬了起来。

"有一天，你会的，"他说。约翰摇摇头，这个男孩不可能预知他的未来。他们思索着各自的话，没有说话。

这时一个男孩跑了过来，他中等身材，棕色头发，一脸的得意洋洋，当他用蓝色的眼睛看着约翰时，他觉得惴惴不安。

"给自己找了个男朋友啊，夏洛克？我打赌全班同学都很想知道啊，"那男孩说，之后开始大声喊起来："夏洛克找了个男朋友！"每个人都听到了，跑了过来。一下子大家炸开了锅，盯着他们指指点点。

男孩走近约翰，把夏洛克推到一边。"我是詹姆斯·莫里亚蒂，你不该和夏洛克讲话。他会把你的脑子装满谎话，他装作知道一切只是为了掩盖他实际上有多笨，"詹姆斯说着引起围观者一阵哄笑。"你不应该和他这样的人混在一起，那样只会让你堕落。你还是现在跟我们一起吧，我们能让你成为最棒的，"说着，他后退一步，向约翰张开双臂，欢迎他加入他的小帮派。

约翰不喜欢这个男孩，那么傲气。詹姆斯把头发往后捋了捋，炫耀着自己珍珠白的运动裤。他不该那么对夏洛克说话，每个人都是平等的。

约翰慢慢把腿收回来，站起来，扶着长凳。夏洛克在一旁好奇地看着。约翰将一只手放在他背后，伸出3个指头。

"很抱歉，我要拒绝你的邀请了。夏洛克没什么问题。当然他比较自我，但看上去你也是，"约翰笑着说。他不喜欢小霸王，而詹姆斯就是一个。他感觉自信充满了全身。夏洛克在他身后站了起来，约翰弯下一根手指。

"你确定吗？如果你拒绝，你将会成为像他一样的怪人，没人会理你"。詹姆斯奚落着，脸上还挂着那种笑容。

"事实上，我宁可像他而不是你，"约翰说着，又弯下一根。

"随你的便，"詹姆斯皱着眉。看上去，之前从没人敢这样拒绝他。詹姆斯上前一步，与约翰只一寸之隔。约翰弯下最后一根手指，手握成拳，就在这时，夏洛克站到了约翰身旁，两人合力推倒了莫里亚蒂。莫里亚蒂吃了一惊，摔倒在地上。他们俩迸发出一阵笑声，跑开了。

看来，约翰还是交到了一位朋友。他也勇敢地对抗了一个小霸王，一个确实需要教训一顿的小霸王。夏洛克•福尔摩斯和约翰的合作挺不错。他们一起跑出了校门，约翰稍微落在后面，但他太开心了。不一会，他们经过了贝克街的路牌。约翰看了看手表，下午 2 点 21 分。

赫德森太太在身后朝他们喊："你们快给我回来！你已经惹了够多麻烦了，不回来我可要报警了！"

夏洛克笑得更厉害了。

"又怎么了？"约翰问。

"我哥哥迈克罗夫特就是当地警察，"边说边喘着气。

"是吗？那你也想当警察吗？"约翰问，想象着福尔摩斯成为警察的样子。

"啊，我恐怕不想，约翰。那太容易了。我想成为一名私家咨询侦探，"夏洛克骄傲地说。

"真有这职业吗？"约翰问。他从未听过，很迷惑地皱着眉，脑子里搜索着这个词。

"不，还没有这职业，但我会是第一个。夏洛克•福尔摩斯，世界上第一位私家咨询侦探，"夏洛克信心满满的叫喊着。一阵古怪的笑声回响在空中，约翰也情不自禁地笑了起来。他在想夏洛克肯定是疯了，但他没说。

当天晚上，约翰坐在杂乱的书桌前写道："亲爱的日记本，今天我交了一位新朋友……"

法罗街婚介所一案

【英国　伦敦】安妮·金姆

　　1895 年 5 月 17 日，夜很冷，天空飘着小雨，抽着烟斗的我被一阵马蹄声惊扰，车停在贝克街 221 号 B 门口。几分钟后，咚咚的声音从楼上传下来。福尔摩斯抢在我前面来到窗口，几乎要把那突出而又充满渴望的脸贴在窗上了。他盯着车夫后面，仿佛要把车上的乘客从里面拉出来。这时，门铃响了，我的伙伴轻快地跳下台阶，拉开门，热情地迎接我们的客人。

　　雷斯垂德探长一进门便在壁炉前坐下，福尔摩斯则在房间里来回踱步。

　　"糟糕的天气，太不合季节了，你说呢，福尔摩斯？"雷斯垂德说。

　　福尔摩斯没有回答，赫德森太太端着茶盘和当天的报纸走了进来。

　　"谢谢，赫德森太太。雷斯垂德探长，亲自登门应该是有宗可怕的谋杀案请我参详吧？"福尔摩斯漫不经心的想要翻开报纸，但很快被雷斯垂德的话打住了。

　　"你不会在那里找到的，福尔摩斯，局里对这宗案件口风很紧。"

　　福尔摩斯坐在自己的椅子上，靠着椅背，"那么请您亲自告诉我吧。"

　　赫德森太太知道这是示意自己出去。

　　"好吧，"雷斯垂德开始说道，"我相信你还记得屠夫普特尼一案。"

　　"华生，请把文件夹递给我。"

　　我把棕色的马尼拉纸制文件夹给他，其中记录了上个世纪绝大多数的罪犯和他们的罪行。"嗯 屠夫普特尼——找到了 谋杀了 12 人，并把尸体伪装成动物遗体，长达 6 个星期……1886年起在老贝利监狱服役，终身监禁。我猜是有另一起手法相似的案件发生了，让你认为是他所为？我记得他上个月底从本顿维尔监狱越狱了，"福尔摩斯一边扫读着文件，一边若有所思地说。

　　雷斯垂德点点头，"都说对了，除了一点。"

　　不过太迟了。福尔摩斯嘭地关上文件夹开始踱步，挥着手听不进任何雷斯垂德想要说的话。

　　"也就是——屠夫重操旧业啊！但你怎么就确定是他干的呢？他刚越狱，而且杀人手法简单，让他很容易成为别人模仿的对象。我想你应该已经查看了一些明显的标志，右耳下屠夫用钩子的标记，胸腔上的刀伤…"

　　"福尔摩斯，"雷斯垂德打断道，"我们已经排除他是杀人犯了。"

　　我的伙伴僵住了，"你怎能如此确定？"

"因为，"探长耐心地解释道，"他是受害者。"

坐在马车里，我看着福尔摩斯打开他那棕色文件夹，翻看着里面精准的记录，听他在思索分析这宗谋杀。

"如果说是波士顿食人魔干的……动机就有了，我相信他们见过，在 1882 年结下梁子，但他们毕竟隔着大西洋，恐怕不大可能。沃尔特·维克尔森，显然也有作案动机，但他已不在人世了。"

马车在一条昏暗的街边停下，这里聚集了一批警察。福尔摩斯迅速下了车，尸体横在已有黑斑的鹅卵石上，他径直走了过去。

"华生，你怎么看？"他把我叫过来。

我走近一看，惊讶地发现尸体皮肤上满是青紫色不规则的瘀伤。

"这名男子是被石头砸死的。"

"正是。你还注意到了什么？"

我凑近看了看，意识到我之前想错了，死者并非一位干瘪的老人，而是更年轻强壮些，他头上稀疏的花白假发一摸就脱落了。

"福尔摩斯，死者被伪装过，而且达到了职业水平。"

福尔摩斯愤恨地笑了。"他知道我会追查他，或者预见我会追查。警方不可能叫我来调查每一个从中等安全级别监狱逃跑的杀人犯。"

我站在一旁看福尔摩斯勘察犯罪现场，他不时高兴地叫一声或蹲下来研究周围环境里的某个小细节。突然传来一阵马蹄声，另一辆警方的马车驶了过来。一位年轻的警员从车上跳下来，跑到雷斯垂德探长这边。

"长官，"他喊道，"又发现一名受害者，长官！"

福尔摩斯与我再次上了车，他显得非常沮丧。

"会是谁呢？没有一位罪犯具有石刑文化的背景，瘀青的大小和形状说明石头很小而且很尖，所以罪犯要么是位年轻的女士，要么是位身体羸弱的老人。但现在要下结论的话——"

我们下了车，福尔摩斯立刻注意到了尸体的位置。

"两件命案发生的距离在 1 英里范围内…我们能从这条信息得出或者否定什么都要取决于下一名受害者。"

"下一名受害者？"

但福尔摩斯却带着我的答案，提着一盏摇晃的煤气灯，消失在街角，走进黑暗中。

地面上的一串血点让福尔摩斯喊出一声"啊哈"！我迅速赶到巷子尽头。

我发现他蹲在一位中年人的尸体旁，他冰冷的灰色眼睛闪着捕猎者的激动，就好像猎犬一般。他用瘦长的手指镊出一张印有"天作之合"字样的白色卡片和一个地址。

"你将发现，华生，"他说，"这位绅士是卡西尔婚姻介绍所的顾客。"

"是的，福尔摩斯。就是离这不到半英里的法罗街上的那家？"

"非常正确，亲爱的华生，恳请你陪我一同前往。"

法罗街是一条狭窄、昏暗、石头铺砌成的街道，似乎光顾这条街的都是些秃顶的中年男人，带着不为人知的目的想要找一个僻静之处。卡西尔婚姻介绍所在一处毫无特征的小楼里，像蛤蟆一样蹲在街中央。

福尔摩斯和我闪进街对面的一家旅店，在窗边坐下。我的同事唰地打开文件夹，倾身研究起来。

"现已确认两位受害人都曾是这家婚姻介绍所的顾客。第一位受害者的动机很明显，越狱之后需要尽快地重建一个新身份和新生活，因此迫切需要找位妻子，这当然也解释了他那难看的发型。第二位嘛……他被确认为本森•福布斯先生，已婚。"

"但他或许只是想再找一位配偶？"

福尔摩斯摇摇头。

"婚介所不会接待有妇之夫。一般诚实的婚介所知道其客户需要所有对方的信息，而如果他无法提供有助于吸引客户的信息时，他就根本不会接待该客户。当然，这家婚介所看来非同寻常。"

就在这时，一位矮小的秃顶老男人从卡西尔婚介所的正门窜了出来，上了一辆马车的驾驶座，缓缓离去。

福尔摩斯一怔，似乎兴奋地马上要从椅子上跳起来，但这股劲儿很快过去了，他没动。

"华生，我相信你还记得我对杀人犯两种可能的定位吧？"

"要么是年轻女性，要么是身体羸弱的老人。你不会是觉得——"

"我确实这么想，亲爱的华生。要不我们这就到街对面询问一下这位马车夫的身份？"

卡西尔婚介所的老板是位身材矮小、鼠头鼠脑的人，浑身一股刺鼻的泡菜味。

"你们好啊，先生们，"他问候道，"有什么能为你们效劳？"

还没等我们说话，那男人便滑向靠墙的柜子，打开一个抽屉，翻看起来。

"瑞秋•威尔森女士，29岁，身材苗条，黑发，父亲是银行家，家中有车，陪嫁包括——不，或许考虑一下这位，丽莉•柯提斯女士，32岁，中等身材，金发，父亲现无业，但从一家茶叶公司继承了很大一笔遗产，家中有房还有……"

福尔摩斯有些不耐烦了。

"我对这些年轻女性不感兴趣，无论她们多有魅力，"他简要地说，"但如果您能告诉我刚从这里出去的那位先生的名字，我将感激不尽。"

我抬眼看到卡西尔先生把脸一沉。

"抱歉，先生，"他冷冷地说，"我们不会把客户资料透露给非会员。祝您下午愉快！"说完把抽屉猛地一关，走进了一间昏暗的办公室。

福尔摩斯面色阴沉，脸上透着一种可怕的执著。

"我们怎么办，福尔摩斯？"我问，"很显然卡西尔不会告诉我们想要的信息，那个马车夫有什么问题吗？"

远处，依旧可以看见那辆破旧马车的影子，疲惫的马费力地在石板路上迈步。

"我们的马车夫，亲爱的华生，"他说，"是这宗案件调查的关键。"

"福尔摩斯，"我喊道，"那我们不是应该追上去吗？"但我的伙伴只是一笑，坐回到椅子上。

当马车完全从视线中消失，福尔摩斯凑过来开始说：

"这男人绝对是嫌疑犯，亲爱的华生。他上了年纪，除了用小而尖的石头把人砸死，没有其它方法可以杀人，而且他有动机……"

"动机？"我打断道，"他能有什么动机？"

"华生，你有没有注意到多数婚介所的会员都是富有的中年男人？"

"确实。"

"而我们这位先生既没钱也非中年。他杀掉其它的客户，可能只是简单地想要排除同样追求某一女士的竞争对手而已。"

"那我们为何不拘捕他？"

"因为，"福尔摩斯笑了，"他是否有罪取决于下一位受害者。"

这时，我的耐心快要用尽了。

"你如何确定会有下一位受害者？"我有些愤然。

"亲爱的华生，"他答，"并非肯定，只是希望。"

我们沉默地坐了几分钟。

"好吧，"我的伙伴最后说，"既然没有任何下一位受害者的消息，我建议去那些受害者的家里，从遗物中寻找些线索。"

第一位受害人的家简直就是狗窝，破破烂烂的一小间房，满屋的废纸，除了一张垫子和一个小煤炉之外，没有任何其他家具。我费力地爬上楼梯，看到了福尔摩斯。他早到了，正在翻一个保险柜，纸张四散。终于，他带着胜利般的表情出现在我面前，拿着一个小信封，上面写着"卡西尔婚介所"。

"亲爱的华生，"他说，"这小信封里或许隐藏着联系所有这些谋杀案的线索。"

说着，他把信封撕开，抖了抖，把里面的东西倒在手掌上。一张卡西尔婚介所的名片落在了他的掌心，还有一张小照片。他用指头夹了起来仔细端详。

"嗯！一张新面孔，华生。"

我也参详了一番。照片里是一位年轻的女人，没有笑，几乎是有些敌视地看着镜头，但她却如此迷人，令我目不转睛。

"你觉得她会是谁？"我问。

"她就是我们找到杀人犯的线索，"福尔摩斯说着把照片放进口袋。"我只希望能在第二位受害者家中也找到她。"

已故的本森•福布斯先生住在伦敦切尔西区的一栋两层楼房里，很多佣人，一位夫人。我跟在福尔摩斯后面，穿过一片哭海，厨子、女佣、清洁工和他的夫人，唯一的夫人，最后到了福布斯的房间。

福布斯夫人个子很小，丰满，一头金发，一面为我们开了门，一面号啕大哭。所幸的是，也不知道是不是有点不近人情，福尔摩斯把我让进房间后，迎着夫人把门砰地关上了。搜查了 10 分钟，他找到了婚介所的信封以及那张神秘女人的照片，离开前他把它们小心地藏在了外套里。

那天晚上，贝克街的家，我们坐在壁炉前，福尔摩斯思索着将近尾声的案件。

"亲爱的华生，现在我们只能等待。"

"你觉得要等多久？"

"直到下一位受害者被发现，我们还需要等多久？噢，从杀手现在的速度来看，我想不会超过几小时。然后，我们就剩下找到照片，拘留马车车夫，适当恐吓一番，让他乖乖招供……华生，我得说，尽管我很享受破案的过程，但最终这只是一宗让人有些失望的肤浅案件。"

就在这时，楼下传来一阵嘈杂声，之后是咚咚的脚步声，接着砰地一声门开了，是雷斯垂德，面色憔悴而苍白。福尔摩斯从椅子上跳了起来。"怎么了，雷斯垂德？"他不耐烦地大声问。

"又一宗谋杀，"回答道。

"好极了。现在我们要做的就是找到照片和拘留马车夫了。"

"福尔摩斯，恐怕这不大可能。"

我的伙伴一愣，"为什么不可能？"

"因为，"探长疲惫不堪地回答，"他被杀害了。"

福尔摩斯和我乘坐警方的马车赶往犯罪现场。他双眉紧锁，眼神深沉，一言不发。

终于他惊呼："是那个女人，华生！一定是！一直以来，我们的思路都错了，认为她是找到杀人犯的线索，而其实她就是凶手！"

在死者的口袋里找到了那张照片，福尔摩斯的心情也完全转变了。他兴奋不已地展开行动，在消失几小时后，凯旋而归。

"她是那人的女儿，华生！"

我抬头看见一个大个子、脏兮兮的搬运工走进客厅。

"福尔摩斯？"

果真是他，福尔摩斯拿下他的胡子后，坐下。

"这位女士名叫伊丽莎白·卡西尔，婚介所老板的女儿，也正是我们要找的凶手。"

"但福尔摩斯，你怎么确定呢？她又为何要杀死他父亲的顾客呢？"

"所有这些受害者都是对她感兴趣的人，而这些人都在第一次和她见面后就被杀害了。受害人1，屠夫普特尼，他从未起过疑心，因为自己作为犯人，完全有能力自卫，但他未来的新娘发现了他的过去并决定要让他付出代价。受害人2，本森•福布斯，卡西尔发现了他其实已婚，并又一次决定报复。"

"那车夫呢？为什么她要杀死他呢？"

福尔摩斯耸耸肩，"快感？杀死一名无辜者的满足感，从拥有这样的能力中获得的喜悦？谁知道呢？或许凶手自己都不知道。"

"还有，"我继续问，"她是如何杀死这些人的呢？每个男人至少都有6尺高，其中一位还是杀人犯。用那么小的石头杀死一个人至少要花20分钟，其间受害者可以轻松将她制服。"

福尔摩斯笑了。

"哈，这就是她的精明之处！接下来是她天才的地方。她提前到达约会地点，把延迟发挥效应的迷药倒进他们的饮料里，把她的受害者转移到第二犯罪现场，然后杀死他们。为什么要用石头，我就不清楚了。"

我们各自整理着思绪，这时雷斯垂德出现在门廊。

"如果你已就绪，福尔摩斯，我们现在就要进行抓捕了。"

"你们要逮捕谁？"

"当然是伊丽莎白·卡西尔，有问题吗？"

"只有她？"

"是啊……"

福尔摩斯从椅子上跳起来。

"不，你不能只逮捕她，还应该逮捕她父亲。"

雷斯垂德表情一片茫然。福尔摩斯一边继续着自己的独白，一边拿上外套开始往楼下走。

"伊丽莎白·卡西尔或许是杀人的凶手，但她绝不是唯一有罪的人。我在卡西尔先生桌上发现了他的罪证，其中有几封寄给他的信，出价雇他女儿杀害指定的人。快，华生！"

"但，福尔摩斯，"雷斯垂德在我们身后叫着，"是谁在最开始雇凶杀人呢？"

福尔摩斯站住了。

"他的名字是莫里亚蒂。"

"他是谁？"

"这正是我要调查的。"

最伟大的侦探

【美国　肯德基州博纳维尔】安玻尔·巴特勒

脚下贝克街的喧嚣

屡屡斗烟慵懒缭绕

如伦敦的大雾不散

他蜷坐于一把皮椅

深邃的眼

从交叉的指尖看出去

洞悉事事的线索

回忆在 221 号 B 沉淀

桌上一位女士的画像

墙上莱辛巴赫瀑布的油画

抽屉里收藏的蓝色钻石

拿起，一把提琴在演奏

吟唱，门德尔松的佳作

突然，他目光如炬，琴被弃置

伫立于壁炉前

雕像一般

他胸有成竹

因丝已成线

福尔摩斯无案不破

华生医生执笔记录

黑羽毛的历险

【法国　诺曼底】朱丽安妮·杜克劳

约翰·华生知道自己这次是难逃一死了。

乌云如毛毯般压了下来，约翰发现伦敦变得异常安静。当他对面的男人高悬右手的这一刻，城市的嘈杂顿时消失了。男人食指逐渐紧扣，按在扳机上的力道越来越大，而枪直指约翰的胸膛。

这时天飘起了细雨，仿佛也在为即将发生的事哭泣。今晚在这屋顶，约翰等待着死亡的降临，雨滴渐渐把脚底的水泥地染黑了。

这并不是约翰第一次被枪指着了，这种像钢一般穿透全身的冰冷感也不算什么新鲜事了。人们把他在阿富汗的经历说成是奇迹。如果子弹再向左偏1厘米，约翰在听到射死他的子弹声之前就会魂归西天了。

然而子弹却偏了。要么是狙击手计算错误，要么就是上天非常眷顾约翰，让他不但从枪伤中幸存下来还能完全康复，荣誉退伍回到故乡英格兰。

也就是在那时他遇到了夏洛克·福尔摩斯。

约翰很难描述遇到他的第一印象。这位古怪、孤僻但聪明的人。从他们第一次见面，他瞬间就感知到了彼此强大的吸引力，他感觉像是见到了亲人。想到将再也见不到夏洛克，他一阵难过。再不会陪同他破案了，再也看不到他在公寓里捣鼓些奇怪试验了，而当他想着福尔摩斯的那一刻，枪响了，他知道自己的生命结束了。

迈克·麦森哲来拜访贝克街221号B的那天是四月下旬，那个星期天的早上，云层阴郁地压着。约翰一早出去买好了早报，坐在室友对面的椅子上读着，而他的室友则捧着最爱的埃德加·爱伦·坡的作品集，这时门铃响了。

麦森哲先生身材高瘦，黑色头发，皮肤白皙，和夏洛克有几分相似，约翰甚至发现他们走起路来都同样悄无声息，他走进客厅，接过一杯茶后在椅子上坐下。

"嗯，你们怎么认识的？"约翰一边给自己倒茶一边问。尽管在某些圈子里认识夏洛克是很寻常的事，但他俩给人一种旧相识的感觉。约翰也不敢说他们是朋友，但肯定比一面之交要深。

访客的嘴上露出一丝微笑，但转瞬即逝，从他蓝色的眼睛里看得出他在回忆往昔。他吸了一口气，好像打算开口说话，但却在回答前停顿了一下。看上去麦森哲正在揣测夏洛克跟他朋友讲了多少关于他们之间的交情，而他又希望自己透露多少。

夏洛克没说话，麦森哲告诉约翰："夏洛克和我原来一起共事过，陈年往事了。不过，我们对某些事意见相左，于是分道扬镳了。"

他那话里的最后几个字仿佛没有说完，停在了空中。

"之后你当了律师而夏洛克做了侦探，"约翰笑了，感到房间里突然气氛紧张起来，便打个圆场。"也没那么不同嘛。都是维护法律和秩序。"

"这一点我们是相同的，"麦森哲同意。

"那么麦森哲先生，有什么我能为你效劳的？"夏洛克打断了谈话，"一定是非常重要的事情才让你光临寒舍吧。"

"总是开门见山，"律师笑道。之后，清了清嗓子开始陈述他的案子。"我们公司的一位重要客户约翰•盖瑞戴普遇到一个麻烦，而我相信你可以帮助他。"

"盖瑞戴普先生有 2 位兄弟。霍华德是他的商业伙伴而他们的另一位兄弟内森，两人却都与他不大来往。具体情况我不清楚，但他们的父亲亚历山大过世后把家里的地产包括盖瑞戴普庄园平分给了他的儿子们。你可以想像这么大的庄园，维护的开支是相当大的。而堪萨斯的一位富翁，很希望能买下这份地产，他联系了他们。因为没人会住在那里，他们也想把地产卖掉，但这需要经过内森的同意，有了他的授权，他们会根据交易所得分他一定的比例。但他们找不到内森，这也是为什么我来找你的原因。"

夏洛克眯着眼盯着麦森哲，指尖并拢，搭成金字塔形。他思考时就是这样，约翰看过几百次了。

"那么你是想找到这位失踪的人，以确保盖瑞戴普的家族产业能够顺利交易，"夏洛克简单地陈述道。

"确实，"麦森哲应道，"你现在不就做这些事吗？"

"还有其他的事，"夏洛克说，"这案子我接了，如果他还活着，我会以你的名义去见他。然而，如果在我告知你联系他的原因后，他还是拒绝见你，我将不会透露他的下落。"

麦森哲点头同意了这些条件。"很好，我认为他会非常高兴的，一旦交易成功，他将成为一位非常富有的人，庄园估价 1 千 5 百万英镑。"

对于夏洛克找到失踪的盖瑞戴普先生的速度，约翰毫不惊讶。第二天他们便坐一辆黑色马车穿过市镇，来到一个新建的街区。约翰留意到门铃上住户的名字并非盖瑞戴普。夏洛克解释内森现在一直以化名生活着，而且在他用化名之后就足不出户了。其他人或许会以为他已经过世了，但邻居还是可以定期看到有日常用品送货上门。几经打听后，他发现内森患有公共场所恐惧症，不敢出家门半步。

内森•盖瑞戴普显然在等他们，简单的寒暄后，夏洛克把迈克•麦森哲让他传达的消息转告了他，关于出售盖瑞戴普庄园的事。

尽管开始很兴奋，但他意识到要签署那份契约就要离开自己的公寓，这让他对这份遗产的热情稍减了几分。

"但我不能离开公寓，"他有些激动。

"我知道你患病,这确实是个问题,但我向你保证外面没有什么会伤害你,"夏洛克安慰道,伸出手捏了捏他的肩膀,让他宽心。这时,内森看似整个人立刻就放松下来了,约翰在想是不是夏洛克学武术时掌握了一些穴道。

"现在告诉我们你最后一次出门时发生了什么吧。你做了什么不该做的事,而更重要的是,你又看到什么你希望没有看到的事?"

听到这里,内森不安地向后靠了靠,瞪大了双眼,对夏洛克准确的推断有些惊讶。他沉默了一会,权衡着利弊得失,突然要扑向夏洛克,这念头还没来得及实施,约翰就挡了过去,把腰袋里的枪指向了他,枪口的轮廓在衣袋里清晰可见,约翰警告道:"我可不会这么做,我们只想帮你,这需要你能配合回答夏洛克的问题。"

"我——我,"内森结结巴巴,"这都是为了钱!"最后他脱口而出。"我不知道有人会受伤,我真的不想有人受伤,但他们还是向他开枪了!就在我面前,我就慌了。拿着一袋子钱就跑了。他们不知道我的住处,我们只在公共场合见面而我也从未透露过真实姓名,甚至连我这个假名都没有。但我就是不敢出门。钱都还在这里,一分没花,都还在那袋子里呢,我发誓。那也不是全部的钱,他们也有一袋,肯定比我这份多。我知道他们肯定是要讨回去的。不好惹的一帮人啊,那警卫肯定是知道这滋味的,我可不想有他那下场。"

听完后,夏洛克什么都没说,之后他探过身,又抓住他的肩。

"你要按我说的做,"他低声指示道,"立刻联系你的兄弟们,约他们明晚在当地的酒吧见面。你要尽可能给我那帮人的信息,把这间公寓的钥匙给我,明晚你出去时,我和约翰会过来。"

夏洛克和约翰在确定内森·盖瑞戴普答应后便离开了。约翰坐在回家的马车上回想着整件事,不得其解,不过这在与夏洛克一起办案时也算家常便饭了。

"那么麦森哲那边的盖瑞戴普弟兄在追查他,那就是他们杀死了警卫吗?"约翰问。

"噢,不是,他们真是他的兄弟,而他也毋庸置疑将在交易完成后继承一大笔遗产。"

"那他落得如此境地还真是讽刺,只要他能挺过去,迟早会成为一位富翁。那么你的老搭档麦森哲拜托你的这件事从一开始就只是个巧合了?"

夏洛克悄然一笑,"约翰,世间没有巧合。"

第二天晚上他们回到了那片公寓区。从街对面他们看着内森按照指示离开家,走进街角的酒馆。约翰对于他在自我禁锢了这么久竟能如此从容地走到酒馆十分惊讶。他也曾听说过公共场合恐惧症,患者往往花上几年时间才会有一点进步,但这位病人好像被夏洛克的几句话就医好了似的。

他们来到内森的公寓等着那群人,约翰虽不知缘由,但夏洛克却肯定他们会在今晚破门而入。果然不到一小时,他们就来了。一阵骚乱之后,夏洛克夺门而出追赶其中一人,约翰则去抓另一个。

约翰紧跟着这人上了楼,穿过火警通道来到楼顶,等到他意识到错误时已为时太晚。

楼顶看上去荒废已久，约翰匆忙地寻找出口，但就在这时，他感到一个冰冷的金属物体正抵着他的后脑勺。

"转过来，慢一点，"红发男人命令道，约翰只能服从。"把枪扔到地上，手举起来，让我能看见。"约翰照做，一步步往后退，直到脚跟碰到楼顶的边缘，又本能地往前移了一步。

"够近了，"那人举枪指着约翰警告道，"钱呢？"

"我不知道，"约翰实话实说。

"那就很不幸了，从这下去，可是要一会啊，希望你长了翅膀。"

"我真不知道钱在哪里，"约翰重复着，声音有些慌张。

"那可太糟了。我还是会找到的，但你恐怕看不到了，因为那时你将会是人行道上的一摊烂泥。"

约翰转头看了一眼下面的街道。如果他跳下去，中间没什么可以救得了他。没办法逃离这种境地，他活下来的几率甚微，但他绝对不能坐以待毙。

约翰的突袭让那男人料想不到，但他的手指已经在扳机上了，随着一声枪响，约翰的肩头一阵灼热的痛。只是擦伤，约翰立刻就知道了。子弹穿过的地方不在致命器官附近，不需要检查，他确定子弹一定穿出去了，但让他丧命的不是这颗子弹。子弹的冲力把他向后推，他失去了平衡掉了下去，引力把他拉向地面。

他仰面朝天跌了下去，突然很庆幸自己不会看到急速上前恭迎他的地面。奇怪的失重感竟然让他很放松，当然是在不考虑这趟旅程终点的前提下。不过，坦然接受现实一贯是约翰的一项长处，应该是军旅生涯锻炼出来的。战时他目睹过太多人死去，而现在终于轮到他了。

然而楼顶却不是越来越远，如果从距离来看，反而越来越近了。约翰突然感觉轻飘飘的，不知道是不是惊吓过度，但他清楚地感到有一双手在他周围，撑着他，把他托回楼顶。就在他完全失去意识前，他眼角瞥见一双黑色翅膀。

"没事，约翰，有我在，"一个熟悉的声音安慰道。

约翰醒来躺在医院的病床上。他听到病房外夏洛克正和另一个人在谈话。另一个声音尽管压得很低，但听上去也很熟悉，不一会约翰便认出是迈克罗夫特•福尔摩斯。

"那并非你的主要目的，夏洛克，"迈克罗夫特愠怒。

"约翰没事的，他又不是第一次中枪了，之前他也完全恢复了，"夏洛克争辩着。

"正因如此啊！这是他第二次中枪了，阿富汗那次就已经够悬的了。两次都是因为你的马虎。你该知道他有多重要，"迈克罗夫特继续说教。

"这不需要你提醒我，我知道，"夏洛克愤愤不平地回答。

"那你以后就更得小心，这是你最后的机会，夏洛克。你被分配给了他，如果他有个三长两短，你将被召回，而守护者的身份将被取消！我说的够清楚了吧，亲爱的弟弟？"

夏洛克瞪了他一眼，"每一次都很清楚，迈克罗夫特。"

"好的，这就好，"迈克罗夫特灿烂地笑了，好像这一切都在计划之中，险些酿成的灾难也完全不存在。"我开始启动第二阶段的计划了，看到那边的那位女士了吗？"

夏洛克转过头看了看迈克罗夫特示意的方向。

"摩斯坦护士，是的，她一直照顾约翰，"夏洛克告诉他。

"是啊，梅丽，一个迷人的名字，不是吗？"迈克罗夫特问。

"确实，"夏洛克同意，"那么她是第二阶段计划的一部分了？"

迈克罗夫特嘴角一歪冲着他的兄弟笑道，"你觉得怎么样？"

一星期后，约翰出院了，坐在221号B的家里那张椅子上看报。夏洛克外出为约翰取止疼药了。他恢复得很快，原来枪伤的恢复也可以熟能生巧。

赫德森太太，他们的房东，正从上到下打扫着房间，不停地抱怨夏洛克做试验后的一片狼藉，让她的工作量加倍了。

"开始是烟灰，"她唠叨着，"之后是解剖的不知什么鬼东西，上帝啊，这些罐子装的都是泥吗？更别提那些鸡了！夏洛克要那么多鸡干什么？弄得四处都是黑色的羽毛。"

约翰没有注意听，他脑子里总在回想从楼顶坠落后发生的怪事，好像陷入无限循环的放映机，一遍遍地重放。他觉得肯定是惊吓后的错觉，但那种感觉太真实了，而有些事始终令他费解。

半小时后，夏洛克还没回来。赫德森太太终于结束了一天的工作，穿上外套打算离开了。

"我要走了，约翰，夏洛克估计马上就会回来。你一个人没问题吧？"语气里添了一分关切。

约翰放下报纸回答她："没事，我很好。夏洛克一直把我照顾得很好，我出院后，他从来不会外出很久，所以我肯定没什么问题的。"

"是啊，这段日子夏洛克对你确实挺好的，跟天使一样，"赫德森太太说。

约翰突然笑了，就好像一块一直没找到位置的拼图突然拼对了一般。

他又看了看赫德森太太，非常认真地说，"真是天使一样，对吧？"

贝克街 221 号 B 之故居伤怀

【德国 莱比锡】玛利亚•弗莱茨哈克

夏洛克•福尔摩斯从来只相信逻辑思维和演绎推理。尽管洞察一切人类情感并了解情感对人的影响，他自己对喜怒哀愁却完全免疫，一贯只埋头钻研手头上的谜题。

然而某个暮春的夜里，家住贝克街221号B的这位大神探在华生身边的躺椅上坐下，抽着烟斗，摊开晚报，眼前的一篇文章不可思议地触动了他。吸引他目光的是一幅版画，看来是一栋漂亮的旧宅，可惜如今遭人遗弃，亟须修复。他读着一旁的附文，很快沉浸其中。

文章说房子闹鬼，但这些鬼魂并不吓唬前来拜访的人们，只是房子因此看似已另有主人，让人们觉得除非真正了解那些幽灵，否则无权擅自闯入他们家中。

邻居们说屋前的露台上经常传来孩子的笑声；他们听到男人在交谈，讨论着体育和政治；他们听到有趣的睡前故事，像夜幕降临前的窃窃私语。

于是福尔摩斯生平初次体会到一种非理性的强烈情感牵扯着内心，一番沉思过后，他将其认定为泛滥的乡愁。那一刻，他仿佛也化作幽灵，双眸中有泪光闪动。正如那栋房子一样，他的心碎了。

医生与疯子

【美国 德州圣安东尼奥市】堪布瑞·特里安

你可曾听说，他手拄拐杖
却满脑装着阿富汗的战场
黄沙肆虐也难消他的毅力
枪林弹雨穿梭着英勇的军医
意志顽强恐惧都畏他三分
心生疲惫他却能不屈坚韧。

另有一位绅士，嘴角叼着烟斗
都说他性情疯狂，几乎无人能懂
悠悠琴声，时刻声声萦绕
他是天才，也是蓄势待发的火药
平日冷漠的双眸，随时有热情燃起
只要听到一声："来玩个杀人游戏。"

也许难以置信，就是这对知己
共度在贝克街，无数个生死奇迹
军人沉着稳重，朋友与众不同
令人不可思议，结伴危难与共
破解层层悬疑，战胜可卡因瘾
医生结伴疯子，总那么怪诞离奇。

即兴上演的高空坠落

【加拿大 安大略省】威廉·沃伦·莫法特

"对不起，我真不知道该怎么帮您。"福尔摩斯说："依我看，根本不存在任何犯罪行为。"

"是，的确没有。"找上门来的委托人附和道："我们只是希望您再确认一下。"老妇抬起双手，乞求福尔摩斯不要离座。

他还是起了身，走向墙角的那沓报纸，一直往下翻，找出了三个月前的新闻。"杂技演员走钢丝不幸高空坠落身亡：本次事件已作意外事故结案。事到如今还想怎样？他只不过一时失误，其实应该说是双重失误。首先，他错误估计了从起点到终点的距离，再者，一开始选择走钢丝就是个错误。结果快走到另一头时突然掉了下来。整个事件看不出任何疑点。"

"他当时眼睛还蒙着黑布呢，福尔摩斯先生。"老妇补充道。

"那就是一错再错了。"他不耐烦地挥了挥手："绝对不行，我一点儿忙也帮不上。"

"就过来看一眼现场好吗？我会付钱的。"

"布劳纳夫人，金钱不是我的唯一追求，"他厉声道："我做侦探的目的是逮捕那些肆意践踏道德和法律还指望侥幸逃脱的人。当然还有一个目的是寻求消遣，好让我的大脑不至于无聊到爆炸。我说了不行，就绝对不行，完全没有商量的余地。"

"好了，福尔摩斯。"我抗议道："别这样，人家儿子去世了，也只想求个心安。我们至少能让她个心安吧？如果真的只是场事故，那也没什么损失啊。再说，你是该出门走走了。"

"拜托你，"福尔摩斯喊道："别说了！我不要出门，我不用出门，我不想出门，你也不能逼我出门。我不会出门的，更不可能出门去调查一桩事故。"

"那行，"我说，"你不去，我去。"

"华生，你敢！每次你一推理，结果都是黑白颠倒主次不分。"

"那我就去找迈克罗夫特，他至少比你有人性。"

"你又不是没见过我哥！"他一阵冷嘲热讽："我都说了，除非事关国家安全，否则别指望他会从日理万机的政务中抽出宝贵的时间来。"他细长的身子因愤怒而颤抖着："区区一个钢丝杂技演员不幸身亡扯得上国家安全吗？我真不觉得。"

"那我就自己去！"

"你敢去，看我不把你掐死！"

"那就一起跟上啊，到头来还得麻烦你把自己捉拿归案。"

他猛地站起身，一把抓过帽子、大衣、拐杖和手套，打开了通向大厅的门。"快走吧。"

待我们到达伦敦西区的马戏团，福尔摩斯冲出的士，一头扎进帐篷里，直奔走钢丝的表演场地。等我们跟上去，他已经瞬间爬上长梯，蹲在高空站台上了。他开始检查站台，而我则四处张望。

帐篷有六十多米高，黄色篷布上带有红蓝相间的宽条纹，靠墙排着十二行木质折叠椅。自打出人命之后，整个帐篷里都空荡荡的，只有几个警察守在入口处。

"啊，福尔摩斯先生。"老朋友雷斯垂德探长的声音传了过来："我以为你已经把这个案子拒了？"

"你不也不肯接吗，"他回应道："还不是来了。"

"是啊，那个，在你进一步调查之前，关于这个案子我有话要跟你说。"探长神情狡黠，他将双手拢到嘴边作扩音器状："能下来一下吗？"

"现在不行，我在这上面发现的线索要有趣多了。不过马上就调查完了，到时候我自然会下去，谢谢。"

"真搞不懂这家伙。"雷斯垂德语气嘲讽。

雷斯垂德算是伦敦警察厅最有能耐的警官了，并不是诸位读者想象中的废物。何况，他也不可能是个一无是处的饭桶，否则我的朋友夏洛克·福尔摩斯也不能容忍与他为伍。但他的确缺乏耐性，这也是他经常把案件转交给福尔摩斯的主要原因。他总想一夜之间查个水落石出，缺乏足够的耐心追踪线索或静观事变。

"我猜是你把他劝来的吧，华生医生？"他向我靠过来，站到了我旁边。我们两人背对福尔摩斯，面朝观众席聊了起来。

"是我劝来的，但没费多少口舌。"

"那是怎么做到的？"

"我只是威胁说要自己过来，把他一个人留在家。"

两人顿时哄然大笑，突然一双细长而有劲的手抓住了我们的肩膀，福尔摩斯的头在我们之间探了出来。首先出现的是他又长又尖的鹰钩鼻，接着是高耸的颧骨，然后是炯炯有神的黑眼睛和薄薄的嘴唇。"看来还挺快活？"他说道，嘴角微微上扬，露出嘲讽的微笑。他的目光冷漠而犀利，想必已经猜到我们刚才是在笑他了。"在凶案现场还有说有笑啊？"

"什么？凶案？"

"没错，华生。这是起谋杀。"

"啊，凭什么这么说？"我转向他，一脸的难以置信。

"你看。"他把我的肩膀扳过来，手一点也没松劲，另一只手放开雷斯垂德，指向钢丝绳。"仔细看看两个站台之间的距离。"

我看了看，发现距离比想象中要近。我这么一说，他从喉咙里发出几声干笑。

"没错。走这么短的一段钢丝，距离估算失误的可能性极低。"

"就凭这个也说明不了问题啊。"雷斯垂德反驳道。

"当然不止。"

"还有什么？"探长问道。

"你刚才说关于这案子有什么要跟我说的？"

"噢，对了，我觉得应该告诉你，这完全是浪费时间。我们正准备撤退，伦敦警察厅正式结案了。他们相信这纯粹是在浪费时间。"

"如果我告诉你我其实是只黑猩猩，"福尔摩斯厉声说："你相信吗？"

"谁知道呢，还挺说得通。"雷斯垂德喃喃道。

"华生，跟我来，我想检查一下马戏团的其他地方。雷斯垂德，请再接再厉，继续创造你的辉煌业绩吧。"他大步流星地向入口处走去，我紧随其后。

"福尔摩斯，刚才也太没礼貌了。"

"也许吧，可当初打赢滑铁卢战役的时候，我们也没讲什么礼节。"他漫不经心地带我穿过一个个帐篷，每经过一个就往里偷瞄几眼。冷不丁地，我往身后一看，发现福尔摩斯突然不见了。我回到刚刚分神的地方，沿原路又走了一遍，边走边挨个检查路边的帐篷。突然身后传来浓重的伦敦腔："偷偷摸摸地想干嘛？"

我惊叫一声转过身来，只见眼前站着个杂技演员，比我高出一米多。他身穿亮蓝色的演出服，头戴卷边礼帽，上面还插着红羽毛。他脸上伤痕累累，鼻梁看似摔断过好几次，眼睛浮肿，嘴巴歪向一边。我发现他原来踩着高跷。

"不好意思，先生。我好像把朋友弄丢了。"

"弄丢了呀？我的天哪，他一定是个小不点吧，怎么这么容易就给弄丢了呢？"他音调异常尖锐，听来格外刺耳。

"不是的，我的意思是找不到他了。"

"这样子啊，那你最好快去找他咯。再见啦。"他深一脚浅一脚地踏上茂盛的草丛走远了。

我找了一个小时才找到福尔摩斯，他正在马戏团的另一边和一群演员聊天。我站在路边等他。只听见他们笑声不断，聊的似乎都是些闲话和玩笑。一会儿过后，福尔摩斯和他们道别，走过来站在我身旁。

"这帮马戏团的人还真有意思。"他说。"什么时候我厌倦了侦探工作，也入这行好了。"

"那你表演什么？"

他的回答完全出乎我意料："可能做个小丑，表演杂耍。"

我们离开了马戏团，回到贝克街，福尔摩斯承诺布劳纳太太会竭心尽力侦破此案。一回到房里，福尔摩斯便一屁股坐进躺椅，拿起烟斗蜷成一团。

"这就是你所谓的竭心尽力？"我问。

"是啊，一点没错。"他合上双眼，手指在烟斗上轻轻敲打。

"好吧，我就不打搅你日理万机的繁忙工作了。我去看玛丽了。"

"看谁？"

"我的未婚妻，还记得吧。"他总是假装对玛丽•摩斯坦毫无印象，尽管她给福尔摩斯带来了四签名这桩旷世奇案，而且之后两人还见过好几次面。我一直没搞懂他是故意装作不知道，是纯粹因为不喜欢，还是因为我将和玛丽结婚并永远离开他而失望。我总觉得还是第一种情况比较靠谱：福尔摩斯和我之间总有一道鲜明的鸿沟，而玛丽对他来说不过是另一个普通的女人，在四签名结案后两人再无交集。

"噢，是的，记起来了。"他又陷入了沉默，我便转身离开了。

接下来的几天里，福尔摩斯和我几乎很少同时在家。不是因为我们躲着对方，而是我们两人都实在很忙。福尔摩斯说他接到一桩紧急案件，需要迅速处理，于是经常行踪诡秘，有时毫无征兆地甩门而去。当时正值流感季节，我的病例量几乎一下翻了两倍，因此我白天大部分时间都不在家，而福尔摩斯出门的时间又一般是在晚上。我对福尔摩斯贴在门环下的字条已经习以为常，上面是行一丝不苟的涂鸦字体："外出。饭在碗里。不用等我。请早上 6:22 准时用餐。别碰我的可卡因针筒。"

到了星期六，我一进客厅，便看到雷斯垂德坐在福尔摩斯心爱的躺椅上，一脸愠色，双脚不耐烦地打着拍子，两指间夹着一根即将燃尽的香烟。

"啊，你终于来了，华生。"他向我问好，站起来和我握了握手。"我差点要离开了，准备迟些再过来。你知道福尔摩斯先生什么时候回来吗？"

"我还真不知道，他整个星期都神出鬼没的。你有话要跟他说吗？我可以给他留张字条。"

"不了，我再等等。只是某个案件遇到了困难。我必须承认自己实在是无能为力。"

就在那时，传来前门砰然打开的声音，然后听到有人扭打着跌跌撞撞爬上楼梯。突然，福尔摩斯出现在门口，揪着一个人的耳朵把他拽了进来。他将手中的人质猛地丢进沙发，并用一只强壮的手臂压在他的肩膀上将其狠狠按住。

"天哪，福尔摩斯，你在搞什么鬼？"雷斯垂德脱口而出。

"给你们介绍一下，这是马戏团的尤金·海利先生。跟人握个手，金。"他把那人的手臂猛地一撞。海利先生伸出左手与雷斯垂德和我握了握手。他是个身材矮小的男人，穿着件脏衣服，满头油腻，像是许久没洗过头了。

"你把这人带回来做什么？"我边说边放下手中的枪。听到楼梯间扭打的声音时，我就把左轮手枪从口袋里抽了出来。

"我以谋杀亚伯兰·布劳纳的罪名逮捕他。"

"那个马戏团的杂技演员？"雷斯垂德抱怨道："那案子早就结了，就是场意外事故。"说实话，我自己也把那宗案子忘得一干二净了。

"睁大你的双眼好好瞧瞧，雷斯垂德。犯人就在你眼前。"夏洛克·福尔摩斯双手掐住了那人的喉咙，雷斯垂德惊叫起来。

"福尔摩斯，要知道，鉴于你对这位先生的行为，我是有权逮捕你的！"探长吼道。

"没错，逮捕我吧。来呀。"

"呃，我，嗯，想起来在警察厅还约了人。"雷斯垂德转身走了出门。"再见了，医生。"他走后我把门关上了。

"来，华生，"福尔摩斯说，"可以把你的左轮手枪借我一用吗？"

"福尔摩斯，你不会是要……"

"不是，不会的。我只是不想一直以这个姿势盘问他。"他起身拿起手枪，将枪口对着来客的脸，走到墙角的桌旁坐下，然后把枪柄搁在桌上，枪口对准眼前的囚犯。"来吧，马戏团的管乐队指挥海利先生，认真听好了。华生，你也是。"

"亚伯兰·布劳纳先生借给你一大笔钱，帮你偿还股票交易欠下的债。我听说他还是个宽宏大量的债主。然而，你三年过后还不还钱，他开始向你讨债了。又过了两年，他威胁说要把这事告诉你们的吉普赛领班。那样的话，你自然会被赶出马戏团，而你本来就不合群，所以你不能冒这个风险。就在那时，你心生杀意。"他的拳头重重捶在桌上，把摆在桌子中央的花瓶震倒了。"你把自己唯一的朋友杀了，是不是？"海利没有回答，福尔摩斯把枪对着地板扣响了一发子弹。"是不是？回答我！"

"是的，我杀了他。"尤金·海利挑衅地扬起下巴。"但你永远都不能证明人是我杀的，伦敦警察厅不会相信你的。"

"那可不一定。"声音从门口传来，只见雷斯垂德和另外两名警探站在那里。

"哈，这下热闹了。"福尔摩斯咯咯笑道："你刚才说啥来着，海利先生？"

"我杀了他，是没错。但在法庭上永远都无法证实，他们不会相信的。我留下的唯一痕迹也不过是间接证据。"

"能说清楚点吗？"雷斯垂德问。

"不用了，我来吧。"福尔摩斯站起身："华生，把手枪举着，对准我们这位朋友。要是我话还没说完就给他逃了，那可不妙了。"

"你不能用枪毙了他，因为那些聪明的吉普赛人可能会通过动机追查到你，定你的罪。他们的惩治方式比起政府，可是出了名的原始和残暴。所以，你必须伪装成事故。我有说错吗？"

"完全正确，先生。"海利保持着他挑衅的站姿。

"于是，你就给布劳纳先生安排了一场'表演事故'。蒙眼走钢丝的演员是依据音乐判断距离的，所以你在他到达终点的前一刻停止了音乐。你怕他会试探是否真的走完了，甚至还把钢丝给拧松了。这时你犯下了一个错误，埋下了败笔。你在另一头用煤油把固定钢丝的螺丝拧松了，这点足以证明这不是场事故。你在他走到站台之前停止了音乐，他摔了下来。如果你不是为了双重保险还把钢丝拧松了的话，本来可以毫无破绽，但你最终无法将螺丝上的煤油擦干净，正是煤油的痕迹让我起了疑心。至于动机和事情经过，我只需化装成一个华生在大街上碰见的高跷演员，在马戏团四处打听一下就了如指掌了。"说到这，他面带歉意地冲我笑了笑。"很快我就把走钢丝和背景演奏的秘诀摸得一清二楚，音乐即是关键。我说得对吗？"

"完全正确，福尔摩斯先生。但仅凭这点证据，你在法庭上仍然打不赢官司。"

"很可能打不赢。但鉴于你亵渎了音乐，我至少可以执行一些完全合法的惩罚。华生，能把枪递给我一下吗？不，我不会杀他的，给我就好。"

他举起左轮手枪，靠近海利的右耳往沙发靠背上开了两枪，然后换到他左耳把剩下的三发子弹打了出去。在客厅密闭的空间里，枪声尤其刺耳，而扳机就在海利的耳边扣响，想必已经差不多把他耳朵震聋了。

"这下好了，我完事了。雷斯垂德，你可以把他带走了。"在他们起身离去的时候，福尔摩斯说，"华生，请写封信转告布劳纳夫人。噢，对了，雷斯垂德，你说想跟我讲件什么案子来着？"

"又一起疑点重重的意外事故。我猜你肯定迫不及待要把它变成另一桩谋杀案了。"

尤金•海利在福尔摩斯响亮的笑声中被带走了。

放手一搏

【澳大利亚 布里斯班】艾米丽•比格纳尔

一般委托人造访贝克街221号B，身后不会跟着狗仔队和一群粉丝讨要签名。但一般来访的委托人，并不是艾登•克劳利这样有头有脸的人物。身为名人作家，他出版了多本间谍题材的惊悚小说。他的著作不但全球畅销，还被改编为卖座电影。

夏洛克知道艾登会上门拜访，这并非逻辑推理得出的结论，而是前一天晚上看九点新闻播出的访谈时得知的。艾登宣布与妻子梅兰妮十年的婚姻就此破裂，说是妻子离他而去后便失去了联系，并热泪盈眶地表示会求助福尔摩斯帮忙找到梅兰妮。"我将竭尽全力寻找梅兰妮，不惜用尽一切办法。夏洛克•福尔摩斯是世界级的大神探，如果连他都找不到，那就再没任何希望了。"

当艾登将梅兰妮的照片递给夏洛克和约翰时，他的眼中再次闪烁着泪光，他说自己六个月前回到家时发现妻子出走了。"六个月？"福尔摩斯难以置信地质问道："她六个月前出走，你现在才来找我？"艾登神情略显尴尬。"呃，我原本希望自己找到她，希望她会回心转意。其实，我们的婚姻早就出现了问题。名誉和成功是有代价的。我经常不在家，而在家的时候又窝在书房里，大部分时间都用来写作。梅兰妮开始有点……丧失理智。她指责我比起她来更关心自己的工作，甚至诬陷说我和卡洛琳•库利有婚外情，简直是无理取闹。"他如此漫不经心地提及在自己的改编电影里扮演主角的漂亮女星，夏洛克和约翰都不禁眉毛一挑。艾登毫不在意地继续讲着。

"她甚至威胁说要离婚，说要把我的财产榨干。我那时在洛杉矶审查新电影剧本的最后定稿。等我回到家，梅兰妮的行李就见不见了，人也不在了。我给她发了条短信问是怎么回事，结果收到这条回复。"艾登在口袋里摸索了一下，掏出手机递给夏洛克和约翰。上面的短信十分简单明了："我要和你分手。等我律师的消息吧。"

"那她律师联系你了吗？"夏洛克问。

"没有，"艾登答道："我希望她已经回心转意了。现在我只想找到她，两人好好谈谈。"

"她的家人或朋友有收到消息吗？"约翰问。

"除了我以外，梅兰妮没什么朋友，也没有家人。她是独生女，年迈的父母已经过世，其他亲戚也相继离世。她就只有……我了。"艾登神情忧伤。"我想就是因为这个她才那么容易吃醋吧，她害怕失去自己唯一的亲人。"

"于是她就选择离开，永远失去你这个唯一的亲人？"夏洛克帮他把话收尾。艾登望着他，不知要如何回答。眼见此景，约翰插话了。

"好吧，艾登，谢谢你来。我们会尽力帮你——但她既然把你也瞒得毫无头绪，很难说我们会有多大把握。"

约翰把艾登送出门，回来看到夏洛克躺在沙发上，两眼盯着天花板。

"我们不可能找到尸体，"约翰一进门他就开口道："根本不知道从何着手。"

"不会吧？你真觉得艾登杀害了梅兰妮？"约翰问道。

"我不是觉得。我是确信。分明有什么地方不对劲。"他一跃而起，走到窗边，望向外面的街道，眼睛没有焦点。"问题是我们该从何查起？"他自言自语。

约翰这个时候正在手提电脑上搜索艾登•克劳利。最热门的搜索结果都是些八卦专栏的文章，报导他和卡洛琳•库利的绯闻。文章附图毫无疑问进一步证实了谣言——艾登往卡洛琳的背上抹防晒霜；艾登与卡洛琳在出租车后座激情拥吻；艾登和卡洛琳一道踏出酒店大门……

"看来可怜的梅兰妮醋性大发并不是空穴来风。"约翰沉思道："真是个混蛋。"

"打搅了，小伙子们。"赫德森太太敲了敲敞开的房门。"不好意思，你们又有新访客了。这位是露西•班尼特。"

赫德森太太带进了一位面目清秀的女士，年纪与两人相仿。约翰热情地大步上前迎客。

"我是约翰•华生，站在那边对我们不理不睬的那位是夏洛克•福尔摩斯。有什么能为您效劳呢？"

"很高兴认识你，约翰。也许听来有点奇怪，我其实是为梅兰妮•克劳利来的。"

这句话把夏洛克从窗边拉了回来。

"你知道梅兰妮•克劳利在哪儿？"他问道。

"可能知道，"露西回答。

"可能？你要么知道要么不知道。你要是来浪费我时间的，就请你离开。"

"事情没那么简单！我刚才说了，我可能知道她在哪。但你需要抛开你的成见。"

"我从来没有任何成见。"夏洛克傲慢地回答。

"露西，请跟我们讲讲你都知道些什么吧。"约翰插嘴道，以防紧张气氛进一步升级。

"是这样的，昨晚播九点新闻的时候，我看到了关于梅兰妮的故事。电视上登出了一张她的照片，不知怎的我就一直想着这个人。我不知道'安德萧'是什么意思，但这个词在我脑中一直挥之不去。我当时没太在意，但当我上床睡觉的时候，眼前总是浮现这幅景象。"她停了下来，似乎不确定该怎么继续。约翰觉察到了夏洛克的不屑和怀疑，便用眼神示意他闭嘴。

"露西，继续说。你看到了什么？"他温柔地问道。

"那是个乡下的地方。我好像躺在一棵树下，抬头可以看到枝叶交错间透出的蓝天，远处有一座塔，一座陈旧得像要崩塌的塔。我不知道那是什么地方，但那副景象如此清晰，仿佛一张照片。'安德萧'这个词又一次在心头萦绕。第二天早上，我上网查了查安德萧，结果发现那是乡下一栋被弃置房屋，曾是某个著名作家的居所，如今完全废弃，再没人会去那里。"

"你觉得梅兰妮被埋在了你梦到的那个地方？"夏洛克质问说。露西看着他，扬起下巴。

"我不是觉得，我是确信。"她话语简短有力。

"这话怎么这么耳熟？"约翰喃喃自语。

夏洛克大笑起来："噢，原来你是个通灵的女巫。有意思！"

"我不是女巫！"露西的语气寒冰一般冷酷。"有时我也不清楚自己怎么知道的，但我就是知道。我一般也不会把这种事告诉别人，因为我知道会得到这样的回应。明知不会有好结果，但我还是决定告诉你，因为艾登·克劳利在新闻上说他会委托你办这个案子。"

"你以为我会为了你的一个幻觉，跑到某个荒野的废墟上去调查？"夏洛克已经毫不掩饰他的嘲讽语气了。

"还真是毫无成见啊。"露西边说边站了起来。"好吧，好歹已经告诉你了。我就不打扰你精确无误的科学调查了，好吧？现在可进展神速？"

"露西——"约翰没等夏洛克回敬便插嘴道，露西摇了摇头。

"算了。我自己会走。"她走到门口，然后转身面对两人。

"对了，还有一件事。梅兰妮正好是在安德萧附近的一个村庄长大的。顺便说一句，这是在网上查到的，免得你又以为我在做梦。"

说完，她转身下楼。夏洛克在她走到门口之前追上了她。

"我怎么知道你不是在瞎编？"他问道。露西毫不退缩地与他双目对视。

"你又怎么知道我是在瞎编呢？"

通往安德萧的车道破败不堪，如果安德萧的房子也是这般，那还真是不堪设想。路上坑坑洼洼，铺满残枝败叶，约翰使尽了浑身解数来操纵方向盘，但三人仍是一路颠簸，旅途坎坷。终于能下车了，大家都舒了一口气。

"真可惜就这样成了废墟。"露西望着眼前破败的房屋轻声说："看得出来，曾几何时也是栋漂亮的房子。"然后她开始观察环绕房屋四周的树木，貌似一棵树吸引了她的目光。她久久地盯着那棵树，然后迈步向它走去，夏洛克和约翰则隔着短短一段距离尾随其后。他们走上前和她并排站在树旁，露西则望着远方一座荒废的塔。

"就是这里了，"露西说，"她就在这。"

约翰和夏洛克低头望向树下。他们清楚要找什么，因此很快就发现了一个拱起的小土堆，土堆顶上的草与旁边的颜色有些许差别。他们互望了一眼，然后约翰掏出手机拨响了雷斯垂德的号码。

约翰觉得没必要让露西留在现场看法医组掘出那个孤坟里埋葬的死者，于是他让夏洛克和雷斯垂德以及警察厅的助手留在原地，把露西带回附近的村庄，带到已经预订好房间的酒馆。约翰找到壁炉旁的一张桌子让露西坐下，然后去前台给露西点了杯红酒，自己要了杯啤酒。端着两杯酒走到桌旁，他坐下，看了看露西。

"你还好吧？"他问。

"还好，"她露出无力的笑容，呷了一口红酒，然后看着约翰问："你呢？"

约翰报以同样无力的笑容。

"说实话，有点……吓到了。夏洛克可以观察一个人，在几分钟内说出关于他的所有关键信息，不过那是因为他善于捕捉细节，并结合线索得出合理的推论。但这完全是另外一回事。你真的刚好梦到了那个地方？"

"刚好就是那个地方，"她确认道，表情略带挖苦。"别担心，这种情况也不常见。我也是第一次梦到失踪案的线索。所以我说自己不是通灵的女巫。怎么说呢，我不能说梦到就梦到。有时候，我就是知道一些事情。这是我唯一能提供的解释。"

约翰点了点头。他看到露西脸上费劲解释的表情，于是话锋一转，开始聊些比较轻松的话题。他们很快聊得十分投机，没注意到时间的流逝，直到夏洛克出现，拉了张椅子坐在他们的桌旁。

"他们挖出了一具尸体。"他说："当然还需要做些 DNA 测试才能确定死者身份，但在尸体上发现了一个盒式吊坠，上面刻着'艾登致梅兰妮'。"他扫了一眼露西，又转移了视线。

约翰可以看出夏洛克和自己刚才一样感到不安，甚至比自己更不自在。夏洛克不信那些无法证明、测试或量度的事实。即使在他最大胆的推理假设背后也总有理据支撑。这次梦境和直觉帮他们找到梅兰妮，对他来说一定难以接受。

"噢，还有，雷斯垂德问我们怎么刚好在那儿。"福尔摩斯接着说："约翰，我跟他说露西是你的新女友，你们俩到乡下来度假的。"

"而你就碰巧跟我们一道来了，是吗？"约翰一脸的不可思议。

"对啊，雷斯垂德觉得这挺正常！"

"是啊，他是会觉得挺正常，"约翰咕哝道："露西，但愿你不会介意。"

"你不介意我也不介意啊。"露西笑着答道。

"我告诉雷斯垂德我们跑去看了眼安德萧，"福尔摩斯不等约翰回应便接过话头："然后四处溜达的时候发现了那个坟堆。"

"故事编得不错啊，夏洛克。如果雷斯垂德跟你一样的话，他肯定也不会相信我的说法。"露西说。

"他不会相信的，反倒可能把你带去拘留审讯。"

"夏洛克！"约翰提高音调，警告他不要越说越过分。

"你是说我也有嫌疑吗？"露西说，声音很轻。

"不是的，他不是那个意思。"约翰回答："他只是因为你说对了所以心里很不爽。"

夏洛克和约翰同时怒目圆睁瞪着对方，直到露西打破这尴尬的沉默。

"瞧，艾登•克劳利又上电视了。"她指向墙上挂着的电视机。上面播报的是访谈节目，做客嘉宾正是艾登。电视音量不大，他们很难听清，但夏洛克和约翰认出了那熟悉的表情和手势，猜到他定是在和主持人重复同一个故事。摄像头转向梅兰妮的一张相片，停留了一会儿，然后又回到艾登的面部特写。不出所料，他又一次热泪盈眶。

酒保注意到他们看得特别认真，便走过来一道看起来。

"真令人伤感啊，是吧？"他说。"你们知道吗，梅兰妮是在这个村庄长大的。她和艾登经常回来度短假，还每次都在这里留宿呢。"

"最近都没看到他们吗？"夏洛克问道。

"嗯，梅兰妮大概六个月前回来过一次，那时艾登没来。我是觉得有什么不对劲，但不久艾登也出现了，把她拉回城里去了。"

"艾登过来接她了？"夏洛克问。

"可以这么说吧。他想给梅兰妮一个惊喜，但她已经出门了。艾登就去找她，说是在安德萧附近找到了她，梅兰妮总喜欢跑去那边散步。于是他们决定一起回伦敦。"

"接着梅兰妮回酒馆来收拾东西了，是吗？"夏洛克追问道。酒保看起来有点吃惊，但还是回答了。

"没有，艾登一个人回来了。他说梅兰妮还想在安德萧多呆一会儿，所以把她留在了那儿，回来取她的东西并结了帐。不好意思，我要去招呼客人了。"

他离开了，身后的我们一脸惊愕，沉默许久。约翰和露西面面相觑，然后一齐看向夏洛克。

"艾登收到她短信的时候就猜到她来了这儿。"夏洛克说。"他直接赶来，很幸运地发现她就在安德萧。那里荒郊野岭，几里方圆不见人烟，简直是谋杀和藏尸的绝佳地点，从此再也无需担忧闹离婚分财产了。他告诉世人说妻子弃他而去，假装继续找她，然后六个月后把'案子'委托给我！你听到他的话了，'如果连福尔摩斯都找不到梅兰妮，那就再没任何希望了。'结果我真找不到，到时所有的希望都将破灭，他就可以撇清一切嫌疑去和卡洛琳•库利一起生活了。即使有人怀疑个中猫腻，又有谁知道从何查起呢？啊，真是聪明绝顶！"

"但我们能证明他的罪行吗？"露西满怀疑虑地问道。

"只要DNA检测证明遗骨的确是梅兰妮的，等警方听了酒保的证言，艾登就很难自圆其说了。"夏洛克回答："是他自己承认在安德萧找到了梅兰妮。他接着回来取梅兰妮的行李，而酒保就再也没见过他的妻子。我保证只要稍微查查，就能发现从艾登来的那天起，梅兰妮的银行账户和通话记录都再也没变动过。这已经是非常有力的旁证了。"

"所以我们现在只要等DNA检测结果，"露西说。

"是的，耐心等吧。"

DNA检测结果阳性。遗骨果真是梅兰妮•克劳利的，而且，正如夏洛克的预测，雷斯垂德听了酒保的证词，逮捕了艾登•克劳利进行审问。他知道自己已经无路可退，最终供认了自己谋害梅兰妮的罪行，这成为了好几年来最为轰动的头条新闻。

"可怜的梅兰妮，"露西说。她受约翰之邀来访贝克街，准备两人一起去看电影，这时正在看电视上的新闻报导。"所幸的是她终究含冤得雪。"

"如果不是你，正义可能永远不得伸张。"约翰回应道。

"噢，夏洛克总有办法破解的。"露西说，望向桌边盯着显微镜一动不动的夏洛克。

"没必要过分谦虚，露西。"夏洛克回答说，头也不抬。"虽然我不愿承认，但这一次，你的直觉是正确的。"

"你的直觉也是正确的。"露西回答说。这句话终于让夏洛克抬起头来望着她，一脸不悦。

"怎么说？"他问。

"约翰告诉我你确信是艾登谋害了梅兰妮。当时也没有证据表明艾登杀了人，但你就是知道。就像我知道梅兰妮就在安德萧一样。"

"那是明摆的事实。"夏洛克语气硬邦邦的。

"但你也无法解释为什么，不是吗？就像我不能解释自己怎么知道她在那里一样。也许这就是为什么我第一次告诉你的时候，你语气那么尖锐。你自己的直觉也并不比我的幻觉容易证明。你心知肚明却因此十分不快。是不是因为这样你才决定放手一搏，跟我一道去了安德萧？"

"不是的，我是准备去证明你的谬误。"夏洛克说，回到自己的显微镜前。"当然咯。"露西语气略带讽刺。"我真白痴，连这都没想到。约翰，我们该走了，不然要错过电影。"

物超所值的侦探

【美国 纽约奥尔巴尼市】雅各布·泰勒

你在找寻一名侦探？
那位从未失手的侦探？
让我告诉你哪里去找
试试贝克街 221B 号

他是世界顶级的推理名家
诡计阴谋始终瞒不过他
无人如他擅长破解谜团
（警察厅但愿能这般英明果断）

他的智慧令人啧啧称奇
从未见谁有着如此机警
他的学识涵盖各业各行
小提琴、养蜂，还会艺术鉴赏。

但他真正施展身手的地盘
籍渊博学识破解重重谜团
蛛丝马迹都能成为其线索
你的谜题定能在瞬间侦破。

他破案并不是孤军奋战
身边有能干的医生同伴
当他展开各种演绎推理
助手就会将你看穿到底。

委托之事秘密不可张扬？
只需开始向他表明立场。
他会以生命担保
只字不透露机要。

这位侦探还身手敏捷
擅长拳击剑击和枪击对决
他不仅仅决策英明行动干练
而且还文武双全能耍枪舞剑。

有医生拍档随时听从指派
他对工作全心投入热爱
两人一道破解各种谜题
委托费用收得公道合理。

你仅有一个疑问未解：
两位绅士到底何许人也？
福尔摩斯与华生医生
最佳拍档志在拯救苍生。

盲人小提琴家

【英国　汉普郡】艾米·怀特

好几次我都听到福尔摩斯拨弄着自己的小提琴，通常是帮助他理清案件的思路。然而，这种不成曲调的冥想过后，他总会演奏一段荡气回肠的经典名作，仿佛是为之前杂乱无章的琴声表达歉意。因此，每发生新的案件，那些凶案阴谋的高潮都伴随着这把小提琴的乐曲，夏洛克·福尔摩斯总会自然而然地举起它。

我婚后约一年时间，跟福尔摩斯的联系少之又少。一天，我收到一封电报要求我前往贝克街。一推开门，只见福尔摩斯身穿蓝色的丝绸晨衣，在扶手椅里蜷成一团，他对面坐着欧洲最富盛名的小提琴家——约瑟夫·柴科夫。柴科夫那修长、灵巧的手指正焦虑地敲打着椅子的扶手。我进门时，他猛一抬头，双眼一片乳白色的浑浊。柴科夫七岁时碳酸入眼致盲，至今伤痕仍清晰可见。

"我想我们等的人已经到了吧，福尔摩斯先生？"

"华生医生在过去诸多案件中都给予了我莫大的帮助，大师。我想他这次也会鼎力相助的。"

那焦虑的敲打声戛然而止。"既然这样，我就给你讲讲我的故事吧。我是经一位名叫雷斯垂德的探长介绍过来的，他似乎相信你的破案能力比他更胜一筹。

在家里，书房是我的小提琴练习室。每晚我都会把斯特拉迪瓦里小提琴锁好才离开，而书房仅有的两把钥匙分别在我和女管家的手上，她已经和我在同一屋檐下生活了二十二年，赢得了我的绝对信任。昨晚，约十一点左右，我被书房突然传来的惊叫声吵醒。我睡眠很浅，当时只有我醒了过来，于是我独自冲向声音的源头。摸到钥匙，开了门锁，我的脚绊到了什么温暖的物体。向前走了几步，我听到咕噜咕噜的声音，大约一分钟后，我才意识到那是我的男管家伍斯特，他躺在地板上，一手抓着斯特拉迪瓦里的小提琴，另一只手里握着琴弓，喉咙被人割出一道骇人的裂口。"

福尔摩斯露出了微笑。这微笑通常意味着有人要遭殃了。他把手指并在一起，将下巴靠在上面。

"你的管家跟你多久了？"

"从我儿时起一直至今。我搬到这边的时候，他是唯一跟来的家人。"

"其他人呢？"

"他们选择了留在祖国。"

"你确定那把小提琴和琴弓都是你的？"

"非常肯定。我让人刻上了一种特殊的花纹，这样我一摸就能够识别。"

"谁帮你刻的？"

"我的一个好朋友，汉斯•波尔科夫。我与他深交多年了。"

"你管家最近有没有什么异常举动？"

"以他的标准来说没什么异常。"

"此话怎讲？"福尔摩斯语气犀利。

"伍斯特一直有点……从我记事起他就有点怪脾气。想必因为刚上学那儿他和我的父母发生了争执，因此对我也没什么好感。"

"那你仍然雇用他？"

"他是位十分出色的管家，是我见过最能干的。"

"我明白了。好了，华生，我看是时候前往犯罪现场了。"

我们离开之前，福尔摩斯从桌上拿起了自己的提琴盒。我没问他为什么，也知道他很可能不会回答，所以坐出租车前往柴科夫大庄园的路上我们全都保持沉默。待我们钻出车门，雷斯垂德前来迎接我们，他双手来回搓动着，可能是因为兴奋不已，也可能只为抵御刺骨的严寒。

"福尔摩斯先生，我想此案肯定合你胃口。"他呼哧呼哧地喘着气，"不是有小提琴啊什么的嘛。总之，这是桩相当干脆利落的谋杀案，计划还很周全。那个伍斯特管家，将近七十高龄了，从二十二岁起就为柴科夫家族工作。这是我收集到的一点信息，如果你能屈尊查看一下现场，我将不甚感激。"

已故的安德鲁•伍斯特死因是颈动脉上细窄而致命的割口导致失血过多，这意味着任何救援赶来之前他就已经断气了。福尔摩斯站在尸体跟前，深深弯下腰去，只见伍斯特的头发在一摊血泊中已经凝结成块。他用放大镜仔细检查了受害者的伤口、手指和脸颊，然后转向死者手中仍然抓着的小提琴和琴弓。他掂了掂乐器的重量，然后将其与自己带来的小提琴比较了一番。他举起两把琴弓对着灯光观察时，脸上瞬间露出喜色，但马上又恢复一脸冷漠。他已经把案子解决了。

"雷斯垂德，犯人们已到手。"

"犯人们？"

"没错。一个小时后来贝克街吧，我会亲手交给你。"

"华生，你要知道，在与柴科夫先生对话时我就已经敲定了谋杀犯。"

"我亲爱的福尔摩斯！"我们在公寓里面对面坐着，等待着雷斯垂德探长和谋害伍斯特的凶手们到来。

"那个小提琴家泄露了过多的信息。"

"你不会是说……"

我还没把话说完，雷斯垂德、柴科夫和一个身体羸弱的白发男人进来打断了我们的谈话，那矮个子男人看似一辈子没见过阳光。福尔摩斯起身向他做了个手势。

"先生们，请允许我介绍汉斯•波尔科夫，这场卑鄙的主仆凶杀案中的同谋，我们的盲人主谋执意策划了这场杀害管家的惨案，因为伍斯特与他父母发生争执后，用清洁剂将年幼的柴科夫致盲。"

"简直是荒谬至极！我没时间听你在这里鬼话连篇！"

"且止步，先生！"雷斯垂德一只手按上了大师的肩膀，柴科夫勃然大怒，从椅子上蹭地站了起来。

福尔摩斯完全无视他的暴跳如雷，转身面向这位官方警探："雷斯垂德，你把柴科夫先生的琴弓带来了吧？"

"带来了，搞不懂你要琴弓干嘛，不是应该要小提琴吗？"他递过琴弓，福尔摩斯将一端的弓螺拧开，这时一般绞紧的马尾会从琴弓的另一头垂下来。然而，马尾尖端却从弓木一头弹出一英寸有多，露出一片闪闪发亮的金属。福尔摩斯将它倒出来，原来是把做工精美的长剑，剑身之薄侧身而视时几乎浑然不觉。"大家看，"他轻声说："这就是凶器。柴科夫把管家引到书房里，割破了他的喉咙，将斯特拉迪瓦里放入他手中，拉响了警钟，装作第一个发现尸体。"

"动机是什么呢？"我问："你先前提过，但我还是一头雾水。"

"同感。"雷斯垂德说，严肃地点了点头。

"柴科夫自己说伍斯特和他父母曾发生过争执，他也说过大概同一时期自己遭到碳酸袭击。即使当时还是个小孩，也不难发觉这是管家清洁用的碳酸。"

柴科夫坐下了，气得浑身发抖。波尔科夫倒是满怀崇拜和敬意地仰视着福尔摩斯。

"你太神了，"他喃喃道，"这都能看得出来。简直是神通广大，真是邪了。万福圣母玛利亚啊，你是怎么想到的？"

"再简单不过。"福尔摩斯面露微笑。每当有人注意到他的天才智商，他总会由衷地高兴，无论这种思维来得多么频繁。"我首先意识到伍斯特不可能去偷斯特拉瓦里。一是因为没有钥匙，二是凭什么等到现在才来偷？我总说一旦排除掉所有的不可能，剩下的不管多么难以置信，就是真相。剩下的唯一解释就是，小提琴是后来栽赃到他手里的。那一定是持有钥匙的某人所为，仅有的两把钥匙在柴科夫和女管家手上，而女管家又没有任何杀人动机。那就只能是柴科夫了。但是怎么杀他呢？手法显而易见，却找不到凶器。我把自己的小提琴带上，就是为了拿它和斯特拉迪瓦里比较，但当手举两把琴弓时，我发现它们不但做工迥异，我的琴上自然没有易于主人识别的刻纹，而且两把琴在重量、质量和音质方面的差别让我不禁猜测木制琴杆中一定藏有薄薄的钢片，形状将与管家颈上的割痕完全吻合。唯一能加入这块钢片的人就只有雕出这独特花纹的工匠，因此我把波尔科夫也收入了法网。我毫不怀疑柴科夫是想过把这凶器处理掉，但要想将琴弓掉包完全是徒劳，因为这刻纹实在独一无二，肯定会引起怀疑。噢，还有，关于管家泼碳酸的假说得到了证实，我观察到他右脸颊靠近耳朵处有碳酸灼伤的痕迹。"

"那有可能是打扫卫生时清洁剂不小心弄到的啊。"雷斯垂德指出，尽管他显然已经完全信服。

"不，不会的。灼伤痕迹分散的形状只可能是泼出去时溅到少量碳酸造成的，就像一般液体飞溅时都会出现的情况。"

"好啊，福尔摩斯。"那天当雷斯垂德押着凶手和他的同谋离去后，我对他说："这还真是个罕有的收获啊。这桩奇案不但现场扑朔迷离，侦破手法也堪称一流啊。"

"那是当然，"这位咨询侦探惬意地躺回扶手椅，从老烟斗中呼出一个个蓝色烟圈。"我接手的案子极少是平庸无奇的。好了，现在让我们回顾这场凶杀案的高潮吧，但这一次主旋律是完全清白的。"说毕，他架起小提琴，嘴里叼着烟斗，拉动了琴弦。

恒定的初次邂逅

【英国　伦敦】威廉·摩尔登

==即时通讯/公元 2185/03/04/格林威治标准时间 21:06==

==即时通讯/碎片修复==

训练期间，教官曾说唯一的恒量是战争。我不同意。还有一个恒量是我的挚友——夏洛克·福尔摩斯。

==即时通讯/文件损坏/初始启动/搜索字符串：初次邂逅==

==即时通讯/公元 2183/05/23/格林威治标准时间 15:32==

我仍处于适应阶段。我叫约翰·华生，今年 34 岁，是名医生。更准确地说，是名军医。

我的经历奇怪地融合了两个人的故事，而现在我正挣扎着协调两者的记忆，仿佛这是两人初次相遇。他们建议我重新激活即时通讯装置，在术后恢复期间用它来记录想法和感受，并尝试"调和约翰的双重性格"，这是克莱梯利安员工的措辞。他们叫我"约翰"时，说得仿佛那并不是我真名。也许真的不是。

有时我合上双眼时，面前会浮现一张模糊的脸，就像长时间盯着强光后停留在视野内的光圈。昨天我发觉那张脸正在俯视着我，然后走开了。

这真需要一段时间来适应。尤其是我现在还无法入睡。

==即时通讯/公元 2183/05/26/格林威治标准时间 10:04==

没错，过去两天构成了一条学习曲线。即时通讯装置撤消了我习以为常的战略功能，这大概是件好事吧。再也没有持久的信息轰炸，而我心中一部分几乎开始想念那种感觉了。医生告诉我手术十分顺利，但目前我还是瘸得一塌糊涂。总之，他们把我放到了伦敦，一座我从没去过的城市，一个我曾居住过的国家，一颗我从未踏足的星球。

可我又并非从未去过，我知道所有地标建筑在哪，也知道怎么打的怎么搭乘磁悬浮列车去往各个地方，而另一半的我则像孩子一般对眼前的景观惊叹不已。奇怪的是，我做的第一件事就是前往世界文化遗产区的泰晤士河，站在河边仰望伦敦塔、塔桥以及碎片大厦。这些都是人类还安居在这个星球的时代建造的，如今与河流下游拔地而起的格林威治天钩相比，它们显得那么渺小。天钩直插云霄，穿过大气层，与太空接轨。气势恢宏，凝聚着沉重的历史。我的内心不断地挣扎纠结着，明明对这一切无比熟知，却感觉像个游客，这些景象我曾经目睹过，却不是通过这双眼睛。

斯坦弗负责我着陆后的心理疏导，他叫我明天到圣巴塞洛缪医院去见他，说是认识一个可以帮我安排住宿的人，我知道自己是要开始考虑住宿问题了，但同时又对此感到意外。"挣扎"的感觉并未散去，但至少我已经开始感觉到疲惫，而这之前从未有过。再过几天，我也许真能入睡了，到时大概用得着一张床。至于现在，我要第一次重温这座城市。

==即时通讯/公元 2183/05/27/格林威治标准时间 09:46==

我早早地到了圣巴塞洛缪去见我的新室友。斯坦弗已经在等我了，他把我领了进去。这是我踏足过的最古老的建筑，几百年后还如此屹立不倒实在令人称奇。

我在一间旧医院的地下实验室里第一次遇到福尔摩斯。他背对我们站着，个子修长，穿着两件套的西服，40 岁中旬，黑发长及颈部，举着老式的四维正方体平板。我已经将近 15 年没见过那玩意儿了，即时通讯芯片发明之前，那玩意儿曾轰动一时。而他正在用这老掉牙的科技产品研究着桌上的什么东西。

他头都没转，就开口道："幸会啊，华生医生，你还好吗？"他微耸的双肩似乎随着这句问候稍稍上抬。

显然斯坦弗提前告诉了他我的情况，而他对我却只透露了福尔摩斯的名字。我一瘸一拐地迎上前。"还不错，谢谢你，福尔摩斯先生。"

他转过身来，我首先注意到的便是他脸上不自然的笑容和眼睛里闪烁的亮光，但他很快恢复冷酷，那神情随着我一瞬间似曾相识的感觉一起消逝了。

"欢迎来到地球。这里和新喀布尔一定很不同吧。"

我转向斯坦弗，他只是笑着摇了摇头，原来他什么都没告诉过福尔摩斯。

"你怎么知道我是从哪来的？"

"这并不难。我可以看出你有军人气质，还有你用轻硬材质'替换肢体'导致的轻微瘸腿。但最直接的原因还是你颈背上的微型条码泄露了你近期退役的身份。

肯定是个挺罕有的荣誉吧。我哥哥告诉我，最近唯一一场星际战争在火星和木星之间皮亚齐区内的主要小行星带爆发。在那里，我们军队正与一群愚昧的外星邪教徒作战，双方抢夺的是某个运转缓慢的行星，名叫新喀布尔。"

我一时无语。我颈背上有个条形码？迟些要和斯坦弗好好谈谈。福尔摩斯显然意识到自己透露了一些我此前都不知道的信息。

"我这人就爱出风头。请叫我夏洛克吧。我可以叫你约翰吗？"

"当然可以。"我挤出这么一句话。

"好，看来我们相处还挺融洽，正好又都需要一个落脚点。我想有必要告诉你我这人比较邋遢，有时性格好斗，在别人看来无疑算得上是'粗暴无礼'。我固执地坚持自己的处事方式，比起新兴科技宁愿相信老式科技，想必你刚才已经看出来了。我拥有一把300年历史的小提琴，偶尔会拉一拉，声音很响。我拉琴的时间很不规律，每当脑子没有信息需要处理的时候，就会顺手拨弄一下。我还会以顾问身份接受城市警察不分昼夜的突然拜访，所以总的来说，你会发现做我的室友日子过得并不安宁，大概与你几天前出院时想象的生活有很大出入。"

"你怎么知道我几天前出的院？"我脱口而出。

"同样道理，因为看到你佩戴的那些轻硬材质替换的肢体。我听说一开始很难适应。虽然新的肢体已在同一空间取代了旧的，你仍然感觉到以前的肢体蠢蠢欲动。而为了产生促成替换的心肌磁场，你的心跳节奏也经过了调整，破坏了正常的平衡感。据说长期或高频度使用会让失衡感减轻，至少使用手册上是这么说的。"

说到最后一句时他眼睛扫向斯坦弗，然后回望向我。由于刚才他传递的信息量十分庞大，加上语速惊人，我还没反应过来。夏洛克转身拿起一件深棕色外套，在常人的时装中大概已过时10年了。

"我看要你今晚继续露宿街头肯定又是彻夜难眠，对你来说也没什么好处，下午在贝克街见吧。3点钟怎么样？地址是221号B公寓。"我点了点头，夏洛克伸出手来握了握我的手——我真正的手。"一会见。"

说完，他就出门离开了。我转向斯坦弗，可能脸上还带着些责怪的意味。"我什么都没说啊，"他说，"虽然他听说你着陆地球后是要求过和你见上一面。"我有点僵硬地点了点头。这真奇怪。现在我只要搞清楚怎么去贝克街。

==即时通讯/公元2183/05/27/格林威治标准时间16:02==

我叫了辆出租车，还真省事。我可以想象要是一直这样下去肯定相当破费，但我有点着急赶去贝克街见福尔摩斯。我刚到的时候简直震惊了。从那些由聚合物和玻璃纤维搭建的外太空星球来到这条街道，这里简洁古老的砖头建筑特别惹眼却又让人感到舒适。我触碰了一下门边的来客警报感应板，门就自动敞开了，把我吓了一跳。待门在我身后关上，一个奇怪而慈祥的老妇人的声音从墙内颤悠悠地传来。

"你好啊，亲爱的约翰，夏洛克在楼上等着你呢。"

"谢谢。"我吃了一惊，冒出这么一句。走进公寓的主房间，我看见夏洛克坐在桌前正透过他的四维正四方体平板生成的放大镜查看某个样品碟。他一抬头，脸上瞬间绽放了灿烂的笑容。

"啊，又见面了约翰。"

"那个人工智能机器人怎么知道我的名字？"我也不讲什么礼节，直截了当地问。

"噢，握手的时候我取了一点你表皮细胞的样本，设置到赫德森太太来客准入系统。想着这样会比较有效率。再说万一来的不是你，我实在懒得起身开门。"

"明白了。赫德森太太是？"

"这间房子的人工智能机器人。我知道你习惯了他们仅仅是执行功能，但我发现如果让软件老化一些，可以带来更大空间的自由思想和个性，虽然她充其量只是一个女管家。"

不知是从天花板上还是墙上，传来和蔼又任性的回答："我可不仅仅是个女管家噢，夏洛克。"。

"只要你冬天记得开暖气就行了，赫德森太太。我就关心这个。"夏洛克对着空气说。他说对了，我习惯把人工智能仅仅当做另一个工具，而不是需要你给予回复的东西。我环顾房间四周，发现到处凌乱地摆满了乱七八糟、奇形怪状的物品和高科技古董。

"你像是在这住了好一阵了。"我对夏洛克说。

"是啊，其实已经几年了。我之前的室友被迫离开了，这不怪他。"

"斯坦弗叫你指名要我。"

"或者跟你差不多的人，"夏洛克辩解道："不是指名要你。我习惯了周围的人跟我意见不一。过往经历证明军人是个不赖的选择。"

"你是指破案的事？"

"没错。"

"到底警方为什么会求助于一个外行啊？"

夏洛克又一次露出了那浅浅的微笑，像是他已经无数次听到别人问这个问题了。"约翰，你的海马区植入了一个军用级别的即时通讯芯片，警方的所有警员也是。而我没有。"

"是啊，那样他们可以随时随地瞬间提取任何信息。"

"正是，但是依赖会酿成惰性。他们也许可以在几秒之内获得自己需要的信息，但通常他们没有能力把线索连接起来。我自由思考和自行整理数据的能力给予了我非常宝贵的优势。"

"那为什么一开始警方又要大费周章把芯片植入警员脑中呢？"

"噢，遇到平常、琐碎、普通的街头犯罪，那些芯片可以充分胜任，甚至十分实用。而警方会来咨询我的案件不是平常、琐碎、普通的街头犯罪。"

"你凭什么认为我会有兴趣住在这里，帮你破案？"

"我从没提过要你帮我，不过既然你自己提出来，那好极了。你习惯了执行功能，可以说，你就是为了执行某种功能而制造出来的产品。这种特性植入了你整个 DNA 里。我看到一名最近因伤退役回归地球的士兵被带回了克莱梯利安机构，我这聪明的大脑一转，得出的结论是让你在外漂泊实在是种浪费。我说的当然只是个提议，决定权还是在你手中。"

我感觉有点恼火，正准备坐下，无处不在的赫德森太太又出现了。"夏洛克，雷斯垂德探长在门口。"

夏洛克的双眼盯住我，嘴角一直没有停止微笑。"准备好了，约翰。赫德森太太，让他进来。"

这就是我们的现状。我听着这个叫雷斯垂德的警察向福尔摩斯描述在碎片大厦顶端发现的一具尸体。这个拥有 150 年历史的著名景点发生了一起令人费解的谋杀案，犯罪现场是开放式的公共场所。我其实理解为什么他会前来求助。他们可以了解关于那个建筑物历史和其他一切重要信息。每个入口、出口、整个建筑里游客最频繁到访的地方等等。尽管掌握着所有信息，他们仍无法解释为什么有人会在那里惨遭杀害，而犯人又如何逃脱得无影无踪。但也许夏洛克可以。我想我会跟他一起去探究到底这个罪犯是如何做到的。

==即时通讯/完整数据恢复/初始启动搜索尝试==

==即时通讯/公元 2185/03/04/格林威治标准时间 21:01==

傍晚我回到公寓，发现夏洛克出奇地忧郁。可能是没案子办导致的百无聊赖，因为显然目前没有能令他热血沸腾的疑案。我走进门在他对面坐下。他的小提琴放在一旁，有几根弦断了。

"人们那么容易遗忘，不奇怪吗，约翰。"他说："40 年前他们都涌向太空，地球却并没改变。真的没有。有了新的去处，人类引发新的战争，但在地球这边，犯罪仍然猖狂。"

我点了点头，不知道他到底要说什么。

"约翰，我没有跟你完全坦白。但今晚我觉得该说实话了。"

大概是从那一刻起我感到口干舌燥。

"约翰•华生在十年前的今天去世了。那不是他的错，是我的错。或者说我一开始就是这么告诉自己的。最终，我没法挡住一颗丧心病狂的子弹，真是命运开的一个玩笑。詹姆斯•温特倒是为他的行为付出了代价。"

夏洛克沉默了。他的面部表情并没有出卖他的情感。反而，他把双手合掌置于胸前，指尖碰着下巴，双肘搁于椅子的扶手上。他凝视着我们之间的那片空白，但目光并没聚焦在我身上。

"在我认识约翰•华生之前，他在军队里担任军医。他听从上级命令贡献了自己的全部。他们制造出你和成百上千个像你一样的人。至少外表上是一样的。但他私下里保留了自己的灵魂，主要是因为有关复制过程的伦理问题已遭到多方的质疑。本来你永远都不该踏上地球的。因此我两年前听说你在伦敦的克莱梯利安机构时，感到很惊讶。然后我猜到了个中原因——自然是迈克罗夫特的杰作。只有他有权力把你安置到那里，等着我去发现你，去保护你。所以没错，你可能也起过疑心，我们的第一次邂逅是精心安排好的，但我必须这么做。我以前总是单独行动，但我哥哥发现了你的前身死后，我生命里留下了一个巨大的空洞等待填补。我要迈克罗夫特赋予你自由的思想，并给你原版的约翰•华生在认识我之前存有的记忆。把我完全从他记忆中抹去可能很难成功。鉴于我们才第一次见面你就那么利索地接受了我的信任，我可以认定那部分记忆的确未能完全清除。"

这一大段解释说下来他气都没喘，说完后，他停顿了一会儿。"我希望你不会对我有不好的看法。"

我像是在那里坐了几个小时，可能只是几分钟，不过事实上我当时的反应几乎是不假思索的。"不会的，夏洛克。"我的嘴唇感到沉重而干燥。"我不怪你。如果不是你及时把我卷入这整个疯狂的生存状态，我可能几天内就会死了，要不也是行尸走肉般地活着。"

夏洛克的眼神终于聚焦了，越过指尖与我对视。他的右嘴角扯出一个似有似无的别扭笑容。

"约翰，这世界上有很多恒量，我们看作理所当然的事物往往可以追溯到我们之前的远古时代。蜂蜜是一种人工合成的甜味黏性稠状物，我们把它涂在烤干了的吐司片上。但过去它是由人类养殖的一种非凡的昆虫所采得的。现在，尽管蜜蜂已经绝种，他们最伟大的遗产得以保留。我把华生的友谊看作理所当然，然后某一天他就不在了。我不会再重犯相同的错误。"

我对他的懊恼半开玩笑地嘲讽了一番。一个可以说完全掌控了我社交圈子的人竟有胆量跟我说这种话，还敢把我比作了一种灭绝的昆虫。不过话说回来，这就是他的方式。

"我不相信第二次机会。"我告诉他："这整个城市本来没有权利存在。这里所有的一切本应该被夷平然后千百次地重建，然而这个城市仍然屹立。多亏了你，我也依旧存在。"我坐在椅子上身子前倾，靠近他，伸出了我的手。我轻硬材质替换的手。有那么几秒钟，夏洛克像石化了一般坐着一动不动，然后他握住了我的手，意识到我伸出的这只手是多么具有讽刺意味，然后露出了微笑。

训练期间，教官曾说唯一的恒量是战争。我不同意。还有一个恒量是我的挚友——夏洛克•福尔摩斯。

==即时通讯/终止/删除搜索结果==

让他安息

【美国 俄亥俄州】凯琳·萨普

音阶的韵律与节拍，刺耳而嘈杂的和弦
与其说乐曲在流淌，更像是五指在踱狂
配上愈渐暗沉的黄昏暮色
万物笼罩于雾霭缠绕的皎月之光。

此时闪烁着的柔和灯光
投射在陷入沉思的脸庞
藏匿于暗处的阴影昭示
人间最阴邪的魑魅魍魉。

一个孩童的希冀，一位父亲的重担
一名和蔼的女士，恳求声坚定果断
然而大师自有原则，只为艺术奉献艺术
面对俗世诸多诱惑，从不追逐功名利禄。

猝然！冥想的曲调戛然而止
精心编织的谎言瞬间无处藏匿
无论精巧的诡辩或是讹传的谬见
必须给照亮世间的光明让道两边。

真相便是光明，记录者昼夜伏案
彰善瘅恶，忠实的朋友生死结伴
性情谦逊、处事谨慎、决策果断——
他虔诚守护着贝克街的神探。

血字研究、致命游戏、疯子印记
斑点带子终归得以化险为夷
恐怖谷如今展开诡影游戏
预示最后一案将陨落谷底。

一栋空屋屹立于时间长河，满是空寂
纪念天才的丰碑眼见就要风崩离析
但真正的英雄永不会遭人遗弃
只要勤恳的记录者依然笔耕不息。

最黑暗的夜

【美国　俄勒冈州】彼得·霍姆斯特龙

听到死亡临近的脚步，我下了极大的决心，终于选择公开下面的故事，它记录了我生命中最黑暗的一夜。

欧洲宣战后，我报名做了志愿者，准备提供任何力所能及的服务。由于申请时间很晚，我以为自己的职务不过是开展医疗培训，或顶多是照料被运回英国的伤员。然而战场上伤亡人数以成千上万的速度持续递增，结果我被指派到前线，直接投入索姆河战役的水深火热之中。

毫无疑问那是我一生中最为惊心动魄的经历。医疗站就设在一间废弃的教堂里，与其说是救死扶伤，不如说是帮伤者早归乐土。最初的几天吗啡供应短缺，我们唯一能做的就是给他们清理伤口，为他们指引天堂之路，也顾不上别的了。空气中充斥着死亡的恶臭。门外的泥土已被鲜血染得殷红，我们脑海耳畔总回响着那痛苦的哀嚎。

七月末的一天我筋疲力尽，战争在我心中刻下了最为不堪的记忆。当时，我正在照料众多伤员中的一位。有块流弹的碎片刺穿了他的右肺，并开始插入左肺。那段岁月里有一种念头时常浮现于脑海，给我带来一点慰藉。我低头看着这个令人扼腕的年轻生命，那念头又一次萦绕心间：我初次邂逅老朋友夏洛克·福尔摩斯时，这个男孩还未出世呢。若没有那多年前的巧遇，我们之后的冒险经历对我而将不过是街边报童无关痛痒的高声吆喝，世间所有的苦痛和邪恶将仅仅是他人的故事。而现在，他就躺在我面前，在我临时拼凑的手术台上慢慢死去。

思绪飘回贝克街的那段岁月。安逸的壁炉，舒适的躺椅，我曾经整天坐在椅子上，听福尔摩斯站在壁炉前拉小提琴。然后门铃会突然响起，某个可怜虫会爬上楼梯来求请伟大的夏洛克·福尔摩斯倾力相助。无论情况看似多么绝望，福尔摩斯总能战胜一切邪恶。而现在，福尔摩斯已然退休，隐居在自己的养蜂场，那之后我已十年多没见过他了。面对如今猖獗肆虐的这股邪恶势力，恐怕他也无能为力了。

手术台上的男孩死去了。死前像其他人一样喘着粗气声声哀嚎，乞求着一个永远不会降临的奇迹。鲜血从围裙上滴落，我站在原地，望着男孩眼中的生命气息逐渐消逝。

大步冲出教堂，我诅咒着报名做志愿者这个愚蠢的决定，这时我突然在眼角处瞥见了什么。我努力想看清楚，眼前所见使我一时以为产生了幻觉。一个广场分隔着教堂和夷为平地的村庄，广场对面站着夏洛克·福尔摩斯。

至少，我觉得那是福尔摩斯。对面的男人穿着打扮看似一个年迈的乞丐，驼着背，弯着腰，手拄一根拐杖。但他的眼神、走路姿态让我几乎肯定那就是多年的老友。

我无法相信自己的眼睛。挪步向那边走去，我一心准备与他当面对质。不顾倾盆大雨和拥挤的人群，无视身边的整个战场，我一心要见到他。

但等我走到广场另一边，那人已经消失了。我疯狂地四处搜寻，怪异的举动吸引了不少在外巡逻的士兵，但我一点也不在乎。我穿过人群，走进一条小巷，心中猜测他估计拐进这里了。我穿过那惨遭摧毁的村庄废墟，阴影聚集，将我笼罩。

在我快要放弃搜寻的时候，一只手不知从何处伸出，扯了扯我的衣袖。转过身，我看到了阴影中站着刚才那个弯腰驼背的流浪老汉。他说了几句法语，我没听懂，但他眼中仍然可见那点点亮光闪动。

"福尔摩斯？"我那时的声音肯定已近崩溃，因为福尔摩斯终于抱歉地笑了起来。

"怎么搞的，亲爱的华生，你来这鬼地方做什么？"

过去几周在这人间地狱遭受的精神折磨此时都化作一声叹息。望着老朋友夏洛克•福尔摩斯，我全身紧绷的肌肉开始慢慢松弛。

"福尔摩斯！你简直无法形容见到你有多高兴！"

"我也很高兴见到你，老伙计。但拜托你了，把声音放低点，这身伪装可不是闹着玩的。"他示意我走进暗处，然后两人在一片碎石堆上坐下。

我在昏暗的光线中竭力想看清我的朋友。即使透过他的伪装，我也能看出分别后他日子过得并不逍遥。眼角的皱纹和夹杂的白发已经无需化妆术的伪装了。然而听他说话，我感觉到他仍一如既往的精神抖擞，尽管过去这么多年，他依然是夏洛克•福尔摩斯。

"你一定好奇我怎么放弃养蜂的闲适生活，跑这儿来了。"

"说实话福尔摩斯，就算你只是来喝杯下午茶都好，见到你实在是太高兴了。这场战争已经把我蚕食得不成人样了，之前无论如何都想象不到这里的恐怖。"

福尔摩斯盯了我一会儿，长长叹了口气，然后掏出熟悉的樱木烟斗。

"华生，对你妻子的事，我真的深感遗憾......"

疼痛像一根烧红的铁针刺痛全身。想起自己无法治愈妻子的疾病而眼睁睁看她撒手人寰，在这一切煎熬与折磨之外，我仍然感受到尖锐的疼痛。本以为在那座浴血之城再也无法产生这种体会了。我抹去一滴泪，几乎为自己仍能感到悲恸而欣慰。

"说说看，福尔摩斯。你来干嘛？"福尔摩斯轻轻笑了，拍了拍我的膝盖。

"其实也就是几周前的事。我在苏塞克斯的养蜂场上悠闲度日，心安理得地远离战争，不问世事。直到有一天，一辆汽车驶进了我的车道......你有火柴吗，老伙计？"

我摇了摇头，我已经好几个月没抽过烟了。

"哎，好吧，接着说......开车的是我哥哥迈克罗夫特。你肯定还记得，迈克罗夫特在政府部门的职位决定了他必将在这场战争中承担角色。因此我猜到了他不会是专程来探望我的。他来是命令我陪他前往法国北部，偏偏是这个鬼地方，说是处理什么紧急要务。"

从他话语间我可以听出轻蔑的语气，显然迈克罗夫特对他施加了压力。

"我们到了靠近前线的一个小镇，接着径直开往一家部队医院，一路上迈克罗夫特都没有解释我们此行的目的。'夏洛克，我只能告诉你目前的情况急需你的专业知识。'

'不会是一个养蜂人的专业知识吧？'

'夏洛克，别跟我耍嘴皮子，此行事关重大，性质十分敏感。'

'我真是满怀期待，激动不已啊。'我重新坐好，华生你可以想象，我憋了一肚子的气。

到了医院，眼前的景象和你每天习以为常的差不了多少，但在我看来不是一般的触目惊心。我们被领到一间私人病房，里面躺着一个人，原本应有差不多一米六八的身高，如今失去了双腿，剩下的残躯看来也好不到哪儿去。

'迈克罗夫特，我们这是干嘛？'

'耐心等等……中尉……能听见我说话吗？'那人眼皮颤了颤，睁开双眼，盯着天花板，但什么也没说。我看了看迈克罗夫特，指望他能给个解释。

'夏洛克，这是普伦德加斯特中尉。三个月前，他在凡尔登城外被收为俘虏。一周前，他设法逃回了边境。我们在弗兰德斯的田野上发现他时，他正血流不止，估计是在那里负的伤。从那时起，他的意识就时而清醒时而模糊，但即使在精神错乱的状态下，他一直坚称一个事实……'迈克罗夫特俯下身去，在普伦德加斯特的耳边说：'中尉，把你跟护士们说的重大机密告诉我们。'

"华生，那一刻我以为普伦德加斯特要当场断气了。他浑身颤抖，狂冒虚汗，但他不知道哪里来的力气，挣扎着组织了语言。

'我听到他们的话了，他们以为我死了，但我听到了……'

'你听到什么了，中尉？'迈克罗夫特问。那一刻普伦德加斯特抬起头，眼睛直视迈克罗夫特。

'长官，有一个间谍……一个德国的间谍，在索姆河战区……我们被一个德国间谍设了埋伏！'

'你能确定？'我问。

'我听到他们说话了……经过我身边的士兵，他们不知道我在那儿，但我听到了……他们在说如何从英国战线上的某个人手中获得情报。他们知道我们什么时候发动袭击……甚至在士兵动身之前……说是觉得我们很可笑……他们比前线士兵还提前几天知道了路线。长官，有谁能够做到呢？有谁能在我们之前得知进攻路线呢？'

"我们从医院出来回到车子上，两人一路上默契地对此事只字不提。"

'迈克罗夫特，我真的不知道你想我怎么办？'

'再明显不过，把案子破了，把叛徒揪出来。'我对他荒谬的逻辑嗤之以鼻。

'如果真像他说的，德国人在我方士兵得到命令前就得知了我方的进攻计划，那肯定只有四五个人能……'

'夏洛克，这可是个敏感问题！我们每天都获知前线有人叛变的消息。要是大家知道了我们在调查高层军官的话，可能直接就会促动大范围的连续叛乱！这件事需要一声不吭地解决，不能让任何人知道。你要查出了犯人，伦敦警察厅不会闯进来把他带走。夏洛克，到时候不会有任何审判，这场战争里伦理道德已经不堪一击。不能让任何人知道这次变节。你明白吗？'

我盯着福尔摩斯，不太能相信自己的耳朵。"福尔摩斯，我没理解错迈克罗夫特的意思吧？"福尔摩斯咬着没点着的烟斗管，目光没有焦点。

"华生，我们现在面对的可不是儿戏，而我们接手的差事也并不讨好。"

我们沉默地坐了一会儿，两人都不想把真相挑明。雨点的声响和远方枪林弹雨的呼啸汇为一曲，我向上帝祈求让我们回到贝克街。过了一会儿，他转向我。

"所以我到这儿来了，华生……稍加调查就不难发现间谍肯定就在这个战区。指令经过了太多人手，不可能是从总部泄露出去的。不可能，肯定是在接受指令方出了差错。于是我伪装成这样来了这里。"

我最后一句几乎没听进去。一个德国间谍……在我们的战线上，把我们的军队行踪和进攻路线的情报出卖出去，可能导致成千上万个英国士兵丧命。

"我能帮上什么忙吗，福尔摩斯？"

"华生，你能帮忙我将不甚感激。我已经确定情报不是通过电报或者其他现代科技发送的。所以过去两晚我都在前线守夜。然而到目前为止，我一无所获。"

"那我今晚陪你一起守。"

"谢谢你，朋友。大概九点我们在这里见面吧，也许我们能够协力阻止一个叛国贼，拯救英格兰！"

当天余下的时间我都用来照顾伤员，救活的人比眼睁睁看着死去的要多，这让我心里感到些许宽慰。我发现自己精神大大好转，一想到又能再次和福尔摩斯共擒罪犯，让战争有一刹那看起来似乎没那么无法忍受。

钟声敲响九点时，我偷偷溜出教堂，融入漆黑的夜色，在几个小时前分别的地方找到了福尔摩斯。他已把伪装褪去，现在看起来更像我记忆中的老朋友了。

我们穿过阴影，走出村庄，渐渐逼近前线。最终来到一座小山侧边，从那里既能望到远方的村庄，又可以看到战壕，看到里面匍匐着的成千上万个年轻的英国士兵，他们其中大部分都很可能再也无法回归故土。

我们在一块突出的磐石掩护下坐着等了一会儿，向弗兰德斯荒芜的田野望去。记忆中最清晰可辨的便是那声声哀嚎。

每次进攻都有大量人员负伤，将军每天又会下令千万人冲锋陷阵，大部分伤员都被留在原地，哀嚎着乞求永远不会到来的援助。充斥着微弱哀嚎声的空气中弥漫着一种可怕的空寂。夜出奇地清朗，皎洁的月光铺洒在这片满目疮痍的土地上。经过轮番炮轰之后，到处残留着坑坑洼洼的伤痕，曾经美丽的原野已沦为无人之境，成了地球上的一片灰色区域，也许永远不会再有重生的希望。那个寒冷的夏日夜晚，我们坐在一起，等候叛徒的动静，这些想法情不自禁地浮现在脑海。

"福尔摩斯，这一切有价值吗？这些牺牲和毁灭有任何意义吗？"

"可能有一定的目的，华生，但轮不到我们来见证。我们眼前的这片凄凉以及你在医院里看到的惨状以后将被赋予象征意义，作为给后人的警示，警示他们战争不是政客用来达到目的的手段。从这场战争的炮灰中会诞生一个更和平更人道的世界，这才是我们为之而战的目标，华生。不是为了白厅的政客，而是为了全人类的幸福。但愿战争带来的世界将会更加美好。"

"但愿如此吧。"

福尔摩斯突然上身前倾，全神贯注地盯着夜空，脸上的表情变得格外严肃。我转身看向他目光所指，但是什么也没发现。

"福尔摩斯？看到什么了？"

"是啊！我怎么这么愚蠢！"

"福尔摩斯？是什么啊？"我可以看出福尔摩斯已经听不进我说的话了。尽管四周一片漆黑，我也能看到这位伟大的侦探大脑正以超乎常人的速度运转着。

"我真是笨到家了！快点华生！我们没时间了！"

福尔摩斯话没说完，我们就已经在飞奔下山了。不再去寻找阴影提供的隐蔽，福尔摩斯脚下的速度相当于只有他一半年龄的年轻小伙子，而他果敢的意志则是年轻人的两倍。我不知道怎么跟上了他的步伐，边跑边攥紧口袋里的左轮手枪。

我们穿过夜色，没几分钟就到了村庄，停在我几个小时前离开的教堂门外。

"福尔摩斯，我们来这里做什么？告诉我！你看到什么了？"

福尔摩斯招手示意我躲进教堂一旁的暗处，好最大限度地看清教堂入口。

"我怎么这么笨，早没想到，如果不是今晚天气特别晴朗，我肯定又会错过。"

"我也认真看了，什么都没看到啊！"

"只是一瞬间，在月亮的光芒中一闪而过。是一只飞鸟啊，华生！一只信鸽。肯定为了让它能在夜晚隐身，把它染成了黑色。而在哪里鸽子的声音不会引人注意？"

"在教堂的塔楼里！见鬼了福尔摩斯，你是说一直以来叛徒就在我眼皮底下吗？"

"是的，但愿我们还没错过他。"

我们的等待并不漫长。五分钟不到，巨大的橡木门打开了，一个人漫不经心地踱步出来。

"福尔摩斯！那是将军……"

"嘘，华生！不能透露名字。现在保持安静，我们必须跟上。"

我们跟着他穿过黑夜，回到了营房。一路上我直盯着眼前的身影：这个指挥成千上万的士兵奔赴死亡的人，这个我一直以为在为战士们谋福利的人，这个叛徒。

在将军的营房门前站着一个守卫，福尔摩斯带我绕到房屋背面，那里有一扇窗户的玻璃被击碎了。我们站在街道另一边，盯着窗户，两人都知道接下来意味着什么。

尽管四周一片黑暗，我仍能看到福尔摩斯脸上的挣扎。

"华生，我必须承认，我不知道该怎么办。"

"我们为什么不能逮捕他呢？夏洛克•福尔摩斯的名声肯定足以令当局展开调查啊！"

"不，华生。迈克罗夫特说得对。如果这件事传了出去，后果将不堪设想。"

接下来的几分钟感觉无比漫长。我几乎不敢相信自己的耳朵。夏洛克•福尔摩斯，将成为杀人凶手……

"肯定还有其他办法吧？"

福尔摩斯长长地叹了口气，那一刻我祈求上帝将那声叹息再延长些。

"让我来吧……"

福尔摩斯望了我一眼。

"不，华生……"

"他是我的指挥官！指挥官若是叛变，惩罚就是死刑。原谅我，福尔摩斯，但有些英雄必须留存清名。"

有一会儿，我们就那么站着，此刻的沉重似乎令空气都凝固了。缓缓地，福尔摩斯点了点头。

两天后，福尔摩斯离开了前线，将军的死因被断定为心脏病发。

我后来肯定还问了将军这么做的原因，因为我特地把福尔摩斯的回答记了下来。

"华生，我也不得而知啊。也许他目睹了自己的指令造成大批伤亡和毁灭，最终觉得结束战争更快捷的方法便是支持敌方。在那个时代，一个人的罪过或许是另一个人的美德，我们又如何能断言？对错真能有个定论吗？"

开往伦敦的列车

【美国 纽约布朗克斯区】 C.M.维尔

我本来对此事无意深究，直到在尤斯顿火车站下车后，我在口袋里发现了最意想不到的东西……

1887 年 12 月，我接到父亲离世的消息，那时我在一个宁静安详的苏格兰村庄住了将近 6 个年头。我在那里当起了乡村医生，远离乌烟瘴气的伦敦，随处可见的肮脏街道和污浊的空气。

作为长兄以及家族微薄财产唯一幸存的男性继承人，整理遗产的繁重任务便全然落到我的肩上。父亲的财产档案一向混乱不堪，所以毫无悬念，此行会是趟艰辛的旅程。我要关闭利润丰厚的全科诊所去处理一堆杂七杂八的票据以及（十有八九是）透支的银行账户，还要处理被迫停业给我带来的诸多不便，这还不是最恼人的。更烦人的是，在我和年轻可爱的妻子维奥莱特迎来的第一个圣诞节，却要告别温暖的壁炉，远离温馨的家园。

维奥莱特的执拗也让身为丈夫的我心烦意乱。她非要同往，我费尽口舌也劝阻不了。原本指望我们俩至少能有一人幸免于单调而繁琐的法律程序，在这节庆之日能够和至亲团聚，坐在烧得正旺的炉火前吃上一顿像样的圣诞晚餐，可惜我还是无法如愿。

我们于节日前一天动身，踏上了这趟枯燥乏味的旅程。圣诞节前夕，我们到达了牛津郡火车站，从那里直接前往伦敦。

为了等那该死的火车我们实在是受尽折磨。尽管我们根据火车时刻表七点四分准时到站，但严寒蚀骨，连站着等车的几分几秒都无比漫长，足以让人的血液冻结成霜。月台另一头似乎还发生了骚动，某个行为怪异（其实分明就是精神失常）的人专挑在这个节骨眼上兴致大发，沿着铁轨散起步来。结果待火车终于到站时，却因为这个冒险精神过剩的家伙延误了进站。整整拖延了十一分十三秒，那时我们本可以坐在温暖舒适的车厢，舒展冷缩的毛孔。

这一系列繁琐的事情终于得到妥善处理。其实更像是糊弄过去了。我不太确定事情是怎么解决的，那时天色已晚，大概人们都想赶在天亮前回到家中，于是月台上聚集了拥挤的人群，遮挡了我的视线。

终于可以上车了，我特意问了问乘服员到底发生了什么。

"真是前所未见，"他解释道："一个疯疯癫癫的家伙在到处翻土，说是为了某个专题论文采集土壤样本。我从来没听说过这么荒唐的事！"

"还真匪夷所思，"我回应他，跟他来到最后一节有空位的车厢。"现在连疯子都招摇过市了，难道疯人院都倒闭啦？"

他也不知道该如何回答，留下我们独自思索这世界的未来。

无论长途短途，我向来坐火车都需要私人空间。这么多不正常的人在身边，还是小心为妙。那位在铁轨上悠闲漫步的仁兄就足以证明这一点。

提着维奥莱特沉重的旅行箱和自己简陋的旅行袋（她与某位女士聊得正欢呢），我瞅见一个身长惊人却骨瘦如柴的人已经霸了一个座位，不禁心里一沉。呃，我说一个座位，大家都会以为是指单个座位，但这个丝毫不体贴的家伙懒散地舒展着四肢，双脚搭在了对面的座位上。我几次费劲地试图将妻子的行李举到行李架上，他两条烦人的长腿挡在那着实碍事。这个看来没好好吃过一顿饭的人怎能霸占如此大的空间，实在令人费解。

此外，他那压低到眉毛的鸭舌帽下还不断冒出一缕缕难闻的烟圈。"对不起先生，这里是禁烟车厢。"我坐下来对他说，以为他至少懂得一丁点礼仪，先把鞋子从我身边的位置挪开。

然而，他对我诸多不满的回应仅仅是吐出又一串烟圈。

这时，我的太太，在她完全不需要出力的时候，走了过来。她的加入让我对这位旅伴的怨气再次升级。多么的傲慢无礼，维奥莱特进门时他居然发出极为不满的抱怨，低声咕哝着，表示对淑女的种种弊病难以容忍。

我正要替维奥莱特打抱不平，那家伙却打破了沉默。

"我对令尊的去世深表遗憾，敬请节哀顺变。"

"什么？我的……天哪！你是怎么知道的？"我的黑纱自然还藏在长外套里。

如此诡异地了解我的私事尚且不够，令我瞠目结舌的是，他突然笑出声来。

"夏洛克•福尔摩斯！"我惊叫道。此时他已抬起了头，那棱角分明的轮廓让我一眼就认出了他。"我活到现在，从没想过会再见到你！"

其实是不想再见，特别是当我意识到当初将一个可怜的家伙介绍给他所带来的严重后果。那位因伤退役的军医毫无戒心，当时他身心疲惫，急需平静正常的生活来调整恢复。我能够理解一个医生会对这种智商超群而又神秘兮兮的家伙抱有浓厚的兴趣，但要长期忍受和他一起生活，则完全是两码事。

我知道他只是想找人分担房租，我也确实给了他适当的警告，但可怜的华生医生真正和这个家伙同住之前，又怎能想象得到自己面临何等的疯狂？可以肯定，华生不应该委屈地和这个家伙同住一屋，此人会借科学之名把一具尸体抽得血肉模糊，但他对人类的基本情感一概嗤之以鼻。一想到华生和这个家伙相伴可能遭遇的种种可怕经历……哎，我顿时心里一紧。

我想无论那位医生多么急于寻找室友，在接下来的几年间他很可能一直在诅咒我。

"我也没想到。"福尔摩斯说，他声音里带有的那一丝是诚意吗？

当晚我受到的第二轮惊吓是：福尔摩斯先生竟向我伸出手并露出一个善意的笑容，以他的标准来说，这种问候已算得上是热情洋溢。我压根没指望过从这个冷血的家伙身上得到如此的热忱。我究竟积了什么德？

"看来你还在耍老把戏啊，鬼才知道你是怎么猜到的，"我说。"没错，你猜对了。我的父亲过世了，我和妻子正赶回伦敦处理他的遗产。"

"鬼和我做的事毫无关系，斯坦弗。在你看来或许是巫术，其实我只是观察到了你左脚鞋带的系法，和你今早匆匆忙忙剃剩的胡茬。"

"算你厉害。"我附和着，让他沉迷于良好的自我感觉中。

接着我把维奥莱特介绍给这位老相识，我发誓在我说到已婚的时候，就听到他发出了一声冷笑。

那家伙，从来就没对女人感兴趣过，如今仍旧孑然一身一点都不稀奇，手指上也没戴婚戒，极有可能满世界都找不到一个朋友。也不是说我记忆中的夏洛克•福尔摩斯什么时候稀罕过朋友。他种人只会让你敬佩他的聪明头脑。他与人性保持相当的距离，对待身边的人向来漠不关心，以至于没有人愿意和他相处太久。天生就不是当朋友的料，又有谁想和这样一个冷血的推理机器产生瓜葛呢？

"说说看，这些年都在忙啥？我们总是很好奇，像你有这么……独特的爱好，到头来会从事哪个行业。"

福尔摩斯不屑地哼了一声。"我的职业当然很独特。要我说，我就是世界上独一无二的。"

是啊，你当然是绝无仅有的，福尔摩斯，你这个自以为是、自命不凡的……

"哎呀，您就别卖关子了，"我的太太维奥莱特插了一句，"您到底在做什么呀，福尔摩斯先生？"

他身子前倾，把烟头摁灭在窗玻璃上。接着，毫不廉耻地宣称自己是"私家咨询侦探"，注意，他还要格外强调自己和伦敦警察厅的"饭桶们"绝非一路货色。听完这段自吹自擂的讲辞，我扬了扬眉毛。他对我的反应则嗤之以鼻。

"侦探？得了吧，老兄。你真会开玩笑！"我承认这样说是不太礼貌，然而他一贯的清高好像变本加厉了。

"当然不是玩笑，"他边说边恼怒地盘起了双臂。"我自己发明了这个职业，成就还相当不凡，至少我的忠实记录者会竭力证明这一点。不可否认，他总爱将我的功劳夸大其词。"提到他所谓的记录者，他眼睛霎时亮了起来。

说实话，我听到这里有点吃惊。谁愿意不辞辛劳地给夏洛克•福尔摩斯写传记？

"老兄，说真的。太夸张了！到底有啥本事这么了不起啊？"

我本以为他会给出鸿篇大论阐述自己的本事，但他给出的回复完全出乎我的意料。

"没啥本事。"他持着一贯的腔调说道："我的成就纯粹建于演绎推理，这种初级技能往往被敏捷才思的专业人士疏忽了。我没什么成就，只是借用一点逻辑和想象力罢了。其实，我经常奉劝警察厅那帮人采用我的方法破案，但那帮家伙却觉得掌握那种方法比登天还难。"

"若果真如此简单，哪会有傻瓜愿意不辞辛劳地记录你的功绩？"

"呀，亲爱的，这话太不中听了。福尔摩斯先生，请原谅我先生的无礼，您一定破了不少大案吧？"

"嗯，是有一些大案。我个人倒宁愿挑战最为扑朔迷离的案件，但警察厅通常对此不感兴趣，记者也不热衷于报导。"

我心想这不过是他满心虚荣造成的一厢情愿的幻觉。正打算这么说，又一个家伙闯进了车厢，带来了一阵刺骨的冷风。

进来一位绅士，穿着体面，中等身材，头发齐整，胡须干净，而且风度翩翩，一看就知道为人友善。他瘸着一条腿，似乎行动不便，两手还吃力地提着装得满满的旅行箱和医用包，但却一直保持着友好的微笑。我觉得这个人瞧着有点眼熟，可绞尽脑汁也想不起来，更记不得我们怎样相识。

"实在对不起，"他一边道歉，一边使尽全力，把旅行箱举上行李架，感觉比我刚才放置行李艰难得多。

他大口地喘着气，重重地跌坐在咨询侦探福尔摩斯身边的座位上。此时的大侦探正忙着点燃从外套口袋里掏出的烟斗。

"那铁路工程师不好打发吧，"福尔摩斯边划火柴边问。

"老兄，他的脸都气青了！"

"简直蛮不讲理。"

"别担心。我都处理好了，但有必要告诉你，他威胁说如果再看到我们当中任何一个跑到铁轨上，就要把那只三条腿的恶犬放出来了。"

考虑到行文，我就不记录听到这话后福尔摩斯作何反应了。

"我相信，"夏洛克·福尔摩斯把注意力转回到我身上，"你肯定认识约翰·华生医生吧，他是我的朋友、同事，最近又成为了我记录者。华生，你还记得斯坦弗吧？"

华生认真地看了我一眼，他那双幽蓝的双眼中突然闪现似曾相识的光芒。上一次我们见面的时候，这双眼睛要黯淡些，但他无疑是几年前我介绍给福尔摩斯的退役军医。华生变化很大，曾经瘦削的身形已不复存在，曾经枯槁的面容如今泛着健康的光泽。他胖了一圈（由此可见他先前的健康状况），那天在克莱梯利安酒吧里的阴郁气质如今完全被一种平易近人的性格和积极乐观的精神状态取代了。

与这样一位世界上独一无二的咨询侦探共同生活，他怎么反倒容光焕发了？这是我人生永远无法解开的谜团之一。

虽然这么问可能很没礼貌，但我的好奇心占了上风，"把你介绍给福尔摩斯没怨我吧？"我试探道，同时握住了他的手。出乎意料的是，华生只是笑了笑，更加热情地握紧了我的双手。我认为自己的问题还挺合情合理的。

"这一定是你可爱的妻子吧，"他指了指维奥莱特。华生从来都是礼仪周到，这与旁边那位乘客形成鲜明对比，这时福尔摩斯正沉默地抽着烟斗，显然屈尊与我们这些凡人说话已花费了他不少力气。

在接下来的几个小时里，我们愉快地交谈，话题再一次转到福尔摩斯的职业上。我必须承认，华生极富讲故事的天赋，我们两人完全沉浸在他同伴侦破各种疑难案件的传奇经历中。即便如此，福尔摩斯还是时不时丢给我们几个白眼，或者批评一下那些华丽的辞藻和浪漫的渲染。恰恰是这些描述才让故事生动活现，激起了我们的兴趣。我有种错觉，好像某一瞬间捕捉到了那可恶的烟斗背后一闪而过的微笑，一开始我以为那是他在享受别人对自己才华的称颂。

午夜的钟声敲响，火车停靠在尤斯顿车站。

"圣诞快乐，福尔摩斯！"华生医生亲热地拍了拍他朋友的膝盖。

"切！"这是华生一片好意得到的所有回报，而华生对这一乖戾的回答似乎毫不在意。

"他到底怎么了？"我边说边把行李拽下来。毫不在意那条腿给他带来的巨大痛苦，华生起身帮我一起拿行李。

"噢，"他语气十分轻松地答道："这个时节所有的犯罪分子都满足于小偷小摸，他难免有点郁闷。"

看来，神经病，是会传染的。

我们一踏上月台，华生就把我拉到一边，为那次机缘巧合的介绍向我道谢，说是自己一开始也没意识到阿富汗战争给他带来了多大的创伤，要不是那次邂逅他都不知道要如何战胜那些回忆留下的阴影。

空气中沉甸甸地载满了未说出口的话语。我承认，当福尔摩斯那一刻从火车里钻出来站到我身边时，我其实心怀感激，因为华生最终没能继续那凄凉的话题。福尔摩斯接着假惺惺地说很遗憾要结束这一愉快的夜晚，随后假装打个哈欠来表明他无聊的心态。这又让华生医生对他恶劣的睡眠习惯小题大做一番。很快我们四人满腔热忱地握了握手，道了别。

正如我在这篇冗长的故事开头所言，我们和华生医生以及那令人无法忍受的侦探道别后，我开始回想整个过程，发觉这不仅仅是个与旧相识缅怀过去的愉快夜晚（绝大部分时间还是愉快的），不仅仅是用快乐的方式来度过一段不怎么快乐的旅程。这时我将手插进口袋，发现里面装着一个最为意想不到的东西。

那是一本卷起来的《比顿圣诞年刊》。

扉页登着一则醒目的广告，是关于其中的一个故事，广告的刊登者是医学博士约翰•华生的著作代理人，柯南•道尔。那个故事用笔锋犀利的草书做了标记，附了条留言。留言简短精炼，有那么好一会儿我站在原地挪不动步，有些恍惚地盯着那几行反复读了数遍已铭刻在心的字句。我体会到了许多年前华生医生的心情，仿佛又看见了那个自负的医学预科生在吹嘘着自己的血红蛋白实验。

我挽起维奥莱特的手，最后读了一遍那段留言，跟她钻进街边停着的一辆出租车，自言自语地说了句："圣诞快乐"。

斯坦弗：

就当这是份圣诞礼物吧。如果我没说错，有一天你会发现这是见证我们互相尊重的宝贵信物。感谢你，拯救了两颗迷失的灵魂。

——夏洛克

月亮号爆炸案

【英国 斯劳市】斯科特·范伦

那是 1897 年，夏洛克·福尔摩斯和我受邀调查名为"月亮号"的轮船爆炸事件，对于演绎推理艺术的推崇者来说，这个案件有些值得探究的细节。

在格兰其庄园结案后，我的朋友正在演奏一首自己编写的小提琴乐曲催我入眠。当我迷迷糊糊地渐入梦境，突然传来一阵沉重的脚步声，有人正急步踏上贝克街 221 号的十七级阶梯，打断了我的美梦。我们的老朋友雷斯垂德探长打开门冲了进来。

"来，雷斯垂德，请坐。这么早没有多少出租车吧，从码头那么远的地方赶来，想必运动量不小吧！"我的朋友说。

"好家伙，福尔摩斯，你怎么知道我从码头赶过来的？"雷斯垂德看起来对我朋友随意的推理相当诧异。

"非常简单。当我看到一个人在寒冷的伦敦清晨汗流浃背，我知道他肯定费了不少劲，赶了很远的路来找我。而且我能闻到你身上轻微的海风味，因此要猜出你从哪里来一点也不难。"福尔摩斯躺回椅子上，雷斯垂德从他的推理中缓过神来。

他得意地看了我一眼："再简单不过！"此前我和福尔摩斯已进行过无数次类似的对话了，两人都翻了翻白眼。雷斯垂德终于坐了下来，开始陈述案情。

"大约两天前，我们在伦敦警察厅收到一份电报，告知我们'月亮号'蒸汽船上发生了一系列咄咄怪事。这艘船不久前从纽芬兰出发前往达克兰。电报里说轮机长某天早晨走进引擎室后，看到墙上刷满了一种奇怪的白色物质，从此他就病倒了。等他们把那东西清除掉，第二天清晨又出现了更多的那种东西。同时，夜间还发生了多起小偷小摸事件。发电报前一天，船员设了圈套企图抓住这个混蛋，但是一无所获。"

这时，福尔摩斯插嘴问道："我能看看电报吗？"雷斯垂德在口袋里掏了掏，找出一张皱巴巴的纸递给了我的朋友。福尔摩斯匆匆扫了一眼，用手指轻轻在纸面摩挲，然后将它放到桌上留待以后仔细调查。"请继续讲。"

"嗯，除了引擎控制室的白色物质外，其他看来都平淡无奇。今早，我带了几名警员到码头上去等船靠岸。我们准备录取乘客的口供，顺便再搜搜一两个可疑人物。"

"我猜船是一直没到？"这时福尔摩斯背对着这位忠实的警官在找自己的波斯拖鞋。我正坐在拖鞋上面，于是故意一声不吭。

"噢，到是到了。我们看到船只靠岸，福尔摩斯先生，但它突然爆炸了。"福尔摩斯以前所未有的速度转过身来。

"它怎么了？"

"你没听错，先生，它爆炸了。一开始船缓缓地驶进码头，气氛还挺欢欣鼓舞的。突然船就爆炸了，夹杂着火焰，然后开始严重地向一边倾斜。"福尔摩斯看来对这一事态变化感到相当苦恼，于是我悄悄地把拖鞋抽出来放到了地板上。他一眼就发现了我的小动作，手伸向拖鞋。他问雷斯垂德问题的时候，我把拖鞋递给了他。

"这下糟了。有幸存者吗？"

"看来是没有。反正船上本来就没几个乘客，只有不可或缺的几个船员和一两个想去殖民地又不愿多花钱的旅客。我们因此很困惑。发生这种事，有谁能从中捞到好处呢？"

"我倒是有个猜想。要查起来肯定不难，有些旅客可能在爆炸中得以生还。你有机会仔细调查一下船身吗？"

雷斯垂德听到这话，脸上露出似笑非笑的神情，这种反应并不常见。

"没有，我直接就来找你了。我知道你喜欢新鲜的线索。"

"说得没错。这事有点蹊跷，雷斯垂德，但你可能在一个故事里已经同时给我提供了谜题和答案。"福尔摩斯笑着躺回椅中，让他的听众慢慢领悟这句话的意味。

"拜托，老兄，别跟我玩猜谜了！事关人命啊！"

福尔摩斯的态度瞬间转变了，他脸上流露出真诚的悲哀，这让他显现了衰老的迹象。

"我向你保证我下这种定论的时候，说的都是真话。我目前是有个假说，不过需要点时间去证实。我要到船上去看看。"

"好极了！"雷斯垂德欢呼道："我正准备作此提议！现在就动身？"

福尔摩斯不露痕迹地向我这边看了看，我点头表示赞同。

"如果你的搜查工作需要我的参与，那别再浪费时间了。华生！去把你的军配左轮手枪拿上，虽然用不着也最好做足准备，不是吗？啊，原来你已经拿上了。"他扯开洪亮的嗓门呼唤着房东太太，她已经习惯了这种有旋律感的叫声。"赫德森太太？请帮我们叫辆出租车，火速！"

不久，我们抵达了码头。这桩惨案的消息显然已不胫而走，因此我们要从人头攒动的围观人群挤到船边。我们一钻出人群，雷斯垂德便把我们领到船只残骸处。船身大部分还是完好的，爆炸虽然规模很大，却仅限于这一艘船，而消防员的反应也十分迅疾。于是福尔摩斯能环顾船只一圈，但走到某些地方他仍需要蹑手蹑脚。我们身边经过几个抬着担架的勤务兵，他们正把尸体运上船。我停下脚步，询问他们伤亡的性质，福尔摩斯和雷斯垂德则继续往前走。我确认了大部分尸体都有大面积烧伤，但他们正在搬运的那具尸体后脑勺可见类似于铅管重击造成的伤口。我准备把这个消息转告雷斯垂德，他一直和我们在一起所以还不知道。我对担架上的死者表示哀悼，然后急忙跑去找我的朋友。

等我重新追上他们的时候，他们正在引擎控制室，我猜这该是爆炸摧毁最严重的房间了。室内的确是一团糟：引擎已经完全损坏，永远不可能再运转，墙壁全部烧焦，房内原有的家具如今全化作了地板上的灰烬。福尔摩斯、雷斯垂德以及一名警员站在房间中央，那名警员正在回答雷斯垂德的提问。福尔摩斯眼角的余光注意到我进来了。

"啊，华生，进来吧。这位哈里森警员跟我们说到了生还者。目前还在治疗他的心理创伤，不久应该就会恢复。打听到什么有价值的消息了吗？"

"根据外面那些人的说法，他们发现其中一个受害者除了烧伤之外，头颅曾被击碎。毫无疑问是先打死后焚尸的。"

"这是个很自然的推断，华生。毕竟没有理由在一个人已经烧死之后再袭击他。但是缺乏证据便下定结论是严重的推理错误。作出最终判断之前，我们应该先等等验尸官的报告。"我做了个笔记，提醒自己要在几天后询问关于这名疑似谋杀受害者的信息，以防福尔摩斯不小心忘记了。

雷斯垂德给那名警员下达了几道命令后，让他离开，我们留下来调查现场。

"有没有找到什么线索，福尔摩斯？"我问，虽然知道他可能还没发现什么。事实上他确实还没发现什么。

"什么都没有，华生。那名警员分散了我们的注意力。既然这间房是这起爆炸的起爆点，就让我们看看能查出些什么线索。"

接着，我们开始寻找线索来解释这桩惨案的发生。我隐约感觉到雷斯垂德和我不会找到什么有价值的线索，因为只有福尔摩斯自己知道他要找什么。我竭尽全力想要挖出些有用的信息，但房里已被烧得空无一物，几乎没有东西是完好的。因此福尔摩斯在查看过程中突然发出了惊叫声，让我俩都很难堪。我们冲过去看他到底发现了什么。

"福尔摩斯，是什么啊？"我略带恼怒地叫道。当你聪明的朋友证明在他自己的专业领域比你出色时，你总不能次次都一脸惊喜。

"噢，先生们。看看这墙边，这里还残余些许雷斯垂德电报里提及的奇怪物质。显然大火未能把它们全部烧毁。是时候和你的生还者谈谈了，雷斯垂德！"

这时，我们下了船去找"月亮号"的幸存者谈话。他是一个名叫杰克的青年，正在当地的一家医院稳定情绪。我们叫了一辆双轮出租马车，二十分钟内就到了那家医院。一到那，我们就被领去见那个青年。他原来是个二十岁出头的小伙子，身强力壮，无疑是船员当中年纪最小的一个。

"你叫杰克是吧？经过百般磨难后，你身体状况还真出奇地好啊。能跟我们讲讲是怎么从爆炸中生还的吗？"福尔摩斯试探地问，企图把故事从他嘴里套出来。

"好的先生，是这样的：我一辈子都不怎么走运，所以很急切地想要改变命运。我在纽芬兰报名参加这次航程，希望能在伦敦找份工作。我不怎么挑剔交通方式，所以就接了一份低薪工作，在船上做个普通的清洁工。大概是在第二天晚上，我们听到引擎控制室里传来一声尖叫。我们一齐冲了下去，看到轮机长正在关门，嘴里喋喋不休地说着胡话，说是闹鬼啦，墙上出现灵异物质什么的。我们往里扫了一眼，但轮机长是主管，既然他告诉我们不宜逗留，那我们就肯定得乖乖听话了。他不久恢复了神智，让助手帮他一道把墙上的东西清除掉了。想不到第二天出现了更多那玩意儿，比一开始还多。"

"等一下！当轮机长和他助手都不在的时候，有谁能进引擎控制室？"福尔摩斯打断他的话。

"唔，理论上谁都不行，但是以防紧急情况需要处理引擎事故时找不到轮机长，所以房间并未上锁。我想他不在的时候任何人都可以进去吧。"他看着福尔摩斯，像是在等下一个问题，福尔摩斯也没让他失望。

"我觉得如果过于关注鬼怪之类，我们会离案件的真相越来越远。你要知道每起犯罪都要有个始作俑者，这次也不例外。好，继续讲你的故事吧，但尽量去掉那些比较……虚张声势的东西。"

"好吧，我会的，福尔摩斯先生。"男孩喝了口水，然后继续说道。"除此之外，一切都挺平静的。还发生了些小偷小摸，但没什么大碍。一切都很顺利，直到我们开始停靠码头。我当时站在甲板上，呼吸着第一口英国的空气，然后好像听到两个人对着引擎控制室的方向叫嚷着什么。接着我就只知道身边发生了大爆炸。我被爆炸产生的冲击力抛到船外，应该是掉到码头上了还是怎么着。看来到了关键时刻，我还算是个幸运儿。然后等我醒来就在这儿了。"

听到这里，福尔摩斯谢过男孩，我们转身离开了。出了医院我们叫了辆出租车，雷斯垂德无法抑制自己的好奇心。

"怎么样啊，福尔摩斯？犯人的情况明朗些了吗？"

"我很清楚犯人是谁，雷斯垂德。现在只需要补充一些关键细节。我七点钟会回到贝克街。华生，你先回去等我。我要去的地方不是你们这些文明绅士能踏足的。"

他说最后一句话时对我们俩讽刺地一笑，然后钻进了刚叫来的出租车。雷斯垂德还有要务在身，所以我们就此道了别，我回到贝克街补充点睡眠。

到了中午，我已经恢复了精神，所以白天大部分时间都用来整理旧案的笔记，还有就是做福尔摩斯报纸里的字谜游戏（这是他性情尤为乖戾难处的时候，我培养成的习惯）。福尔摩斯回来时我正全神贯注地在做字谜，他冲上楼梯，声音里明显带着胜利的喜悦。

"华生，好消息！"他手举一张小纸条跳进了房间。"警察抓到犯人了。我早前到警察厅去了，见证了那个混蛋供认罪行。当然，一切不过是顺理成章。"

我从他手中拿过电报来读。"'福尔摩斯。轮机长是犯人。在当地酒馆抓获。谢谢情报。雷斯垂德。'轮机长是犯人？福尔摩斯，这是搞什么鬼？"

他在最心爱的扶手椅中坐下。

"我一开始就说已经把案件侦破了，我不是在信口开河，当时就差几个细节。这的确是桩令人发指的案件。"当他开始总结自己所有的猜测时，声音带有一丝忧郁。"我的第一条线索是关于轮机长的陈述，虽然他因为'鬼怪'失去了理智，却还能将引擎控制室清扫干净。显然除了自己的助手，他不想别人进入那个房间。顺便提一句，这个助手就是我们今天早些时候看到的那名青年。一旦我有了这条线索，剩下的就很简单了。墙上的白色物质是蜡。"

"那个助手从船舱里找到一批储备的蜡烛，轮机长把这些蜡烛全部融化。一旦融化的蜡准备好了，他们两人就把整个房间涂满了蜡，然后整晚关掉了燃烧的火炉好让蜡在墙上冷却硬化。早上把蜡又刮下来，收集到桶里准备故伎重演。这次加入更多的蜡烛，这样整个进程能更加迅速，覆盖面积也更广。一直到最后一天晚上，他们在墙壁涂上了最大量的蜡，然后放置了一个炸弹把船炸毁。轮机长在炸弹爆炸的时候躲在船体安全的地方，然后被陆上的几个朋友用担架抬走了。他们恶行的证据随着火焰一起消融了。但我在墙角找到了一些贴近地板的白蜡样本，这足以证明我的推测。"

"我的老天！那混蛋就在我身边过去了！我还祈求他灵魂安息！"我接着气急败坏地说了一大通愤愤不平的话，我的朋友则继续讲述他的故事。

"真是骇人听闻啊，华生。整个事件就为杀一个人：'月亮号'的船长。好像船长在美国期间太放纵感情，他的其中一名追求对象就是轮机长的妻子。轮机长曾对此提出抗议，并开始谋划将船长送入坟墓。我们的轮机长朋友是一名穷凶极恶、冷酷无情的杀手，他将普通人的死亡看作是不可避免的意外损失。不幸的是，他的可耻计划竟然得逞。"

"至少他被捉拿归案了。相信他今生来世都会受到审判的。"

"也许吧，华生。也许会吧。"他重重地叹了口气，然后努力地让自己重新振作。"生活还得继续。把粗烟丝递给我，我要吸点，然后我们去音乐厅赶场威廉•泰尔的演出。"

故事说到这里，似乎可以画上完满的句号了。亲爱的读者朋友们，这就是福尔摩斯如何在犯罪当天抓获他职业生涯中最为穷凶极恶的一名凶手。

风中之尘

【比利时 梅赫伦】达芙妮·维特蒙

在别人看来，这也许只是英国一个普通的黎明。然而对于我们——在露水浸湿的绿色原野间行走的两个身影——这高山晨雾中弥漫着清新且引人入胜的神秘气息。下车之后我们一直保持沉默，也觉得没有交谈的必要。多年来我已熟悉的那种无法言喻的兴奋感，现在如空气中微弱的嗡鸣声一样真切，吸引着我们继续前行。

行走的途中，我环顾着四周美不胜收的景色。眼前绿叶繁茂，石南丛生，只有偶尔扑簌而过的野兔会打破这片寂静。我的呼吸逐渐放缓，鸟啼婉转，从几米开外的冷杉枝叶间传来。一切看来是如此地平和、自然……

突然，"在那儿！"一声叫喊打断了我的思绪，我猛地撞上了此前一直缄默无言的同伴。他咯咯笑了几声："华生，还好吧？"

"抱歉，我走神了……难得摆脱了伦敦的烟雾呼吸到新鲜空气……"

"嗯，快点跟上吧，我们快到了。"

福尔摩斯说，伸手示意我望向不远处的地方。我身子前倾，微微眯起双眼。

"什么都没有啊。"

他嘴角微微上扬。

"正是。"

说完，他径直冲向那神秘的所在，毫不在意四周怡人的美景。我笑着摇摇头，跟着他爬上一个小山坡。映入眼帘的不过是块林中空地，还有八级石阶和两旁坚固的扶手，它们经过岁月冲刷奇迹般地保留了下来。待我走到露台，我的朋友已经蹲在一个壁炉模样的废墟前，开始考察起这栋古老却被遗弃的建筑。

不经意间，我踢到一个废弃的锈门把，福尔摩斯转过身投以极不耐烦的眼神。我耸了耸肩，向他表示歉意，并留心不再发出声响。

他继续调查着。我走到另一边，察看那些形状各异、大小不一的碎石。破裂的石块和随手丢弃的喷漆罐上布满尘埃；一旁的彩色玻璃渣看起来像是盾徽的碎片；几块腐朽的木片表面还残留着斑驳的油漆，手指一碰便化为细碎的粉末。我不由得屏息静气，肃然起敬，恍若置身教堂。这座被人们遗弃忘却的圣殿散发着悬疑小说的气息，不可思议地吸引着我，此时任何声响都是一种亵渎。回头看看我的同伴，发现他也同样安静地工作着。没别的可看了，我便决定坐下来等他。很快我找到一块相对干净的地方，估计是以前的门厅，门口还剩下三级台阶，看来这里有过一道结实的木楼梯。我在台阶上坐下。

"我不明白。"

"嗯？"

我好像不小心睡着了。时间不知不觉就过去了：阳光终于穿透云层，柔和的光线增加了一种梦幻的色彩，将这里的一切幻化成一幅反乌托邦式的美丽油画。我一抬头，只见这满地青翠的幻景间，福尔摩斯正坐在石阶上。正如弃宅那些褪色的砖石，他昏暗的身影和微驼的双肩也显得与周遭的美景格格不入。我从破旧的木台阶上起身向他走去，目光扫过他紧锁的双眉，转而望向那片无限延伸的盎然绿意。

"为什么会这样，这房子怎么就遭人废弃。这个不解之谜就这么发生了，我却不明所以。"

我只能耸耸肩表示赞同。这种情况仍时有发生，即使拥有这么多年的侦探经验，伟大的夏洛克·福尔摩斯还是偶尔会感到迷茫，面对这种错综复杂的案例百思不得其解。

"你说……难道人们都无所谓吗？就没人在乎吗？"

我转过身，试着想象很久以前这座房子原来的模样，想象它曾给住客提供的安全庇护，想象那些曾发生于此的快乐往事及其美好回忆，如今都与房子一道消逝于风中。

"肯定是有人在乎的，"我若有所思地说，"但有时候仅仅在乎是不够的。没有足够的支持，你不可能得到想要的东西。"

我们沉默地坐着，福尔摩斯似乎在仔细思考这个问题。"一栋房子，随着最后那些住户的离世，难道就失去意义，不再重要了吗？"提出这个问题后他停顿了片刻，紧接着便打开了话匣子。

我静坐倾听，不去打扰他逐渐进入哲思的情绪。

"你说，难道没有人考虑过这栋房子的潜能吗？这里明明可以发生那么多美好的事情。它本可以让时间静止，保留原本的设计，以纪念它最初的主人。它可以用作私人住房，给渴望平静生活的人们提供隐蔽之地；或许它还能成为博物馆、学习中心，向公众开放。甚至可以改建为酒店……怎么好都行。而如今这里只是……弃宅一处，连个在乎的人都没有。没有建筑爱好者或冒险家来保护这栋房子免遭损毁，一个人都没有。只有厚厚的一层尘埃和一片死寂。"

他最后一句话只是喃喃自语，难以听清，也许原本就不是说给我听的，只是不小心从唇齿间溜了出来，被我听到而已。

"这间屋子如今和它的主人一起死去了。"

我只能认同地点点头，想不出该补充些什么。身边的这位智者恢复了沉默，继续思忖着这个令人深思的问题。我给了他几分钟的时间，然后站起来，重重地叹了口气。

"我们该回去了，"我说道。他抬头看看我，从思绪中抽身出来，脸上慢慢绽放了微笑。

"是啊……是啊，你说得对。是该回去了。"

于是我们不再回头，穿过旷野，没入树林，像两道鬼影悄无声息地消失了，仿佛从未有人到过那儿。

传家宝失窃之谜

【英国 利兹】乔•李

我已经写过很多关于挚友夏洛克•福尔摩斯的惊险故事。你们一定还对莱辛巴赫瀑布发生的惨剧记忆犹新。在那里，我挚友的生命走到了尽头。三年后，当往事已渐渐烟消云散时，我竟得以与他重聚。而在我认定他已身亡的那段时间，我获益匪浅，这些都要归功于他。

那段时间发生在我生活中的故事，我从未动笔写过。一方面是我的太太担心这样做会令我回想起那些不愉快的记忆，徒增忧伤。除此之外，每当我准备濡墨下笔时，都会突然有一种不自在的感觉。毕竟故事中的我比现实的我聪明太多。我怕呈现到纸面上，别人会觉得我夜郎自大，固执傲慢。可是转念一想，为了尽可能完整记叙我和福尔摩斯共度的时光，我必须把这个故事写下来。

在"最后一案"里，我的挚友同罪犯詹姆斯•莫里亚蒂一起离奇消失了。事发后的头几个月，我没料到，尽管他已失踪，还是会有人登门拜访寻求夏洛克帮助。六月末的一天上午，一位老绅士来访，不为看病，只为求助。他高个子，秃顶，留着灰色胡子，身着灰色西装，戴着一副又大又厚的眼镜。他介绍自己是赫伯特•莫里西先生，现在有一个案件亟待解决。他想知道夏洛克•福尔摩斯先生不在时，我是否愿意伸出援手。那天我只剩下一个预约病号，把他延期到第二天也不是什么难事。所以我答应先听听莫里西的故事，以便"身临其境"。同时我慎重地提醒他，我可能派不上什么用场。

莫里西先生是装订商，过着独居生活。但他有位十分疼爱的侄女经常会去看他。那天，他的侄女想找一本奥斯汀的书，却意外地在书堆里发现一堆摆放整齐的零钱，夹在查尔斯•狄更斯的《圣诞颂歌》和布拉姆•斯托克的《惊情四百年》中间。

她询问起为何会有钱放在这样一个隐蔽的空档中，莫里西先生随即意识到这个位置原本放着一大本《莎士比亚全集》，而书恰恰值那些钱。它是非常稀有的版本，但是已经破旧不堪。这本书被重新装订修复过几番，封面由三种不同材料组成的十四股线与书脊松散连在一起。第 312 页上有一圈茶杯的水渍，394 页到 427 页全被不明黑色物体黏在一起，要想强行把书页分开，手指就会沾到污迹。

这本书并非买于其畅销的时候，比起珠宝珍珠，它值不了几个钱，所以莫里西先生不想因为微不足道的一件小事惊动警方。他回想起曾读过福尔摩斯的惊险故事，以及令人扼腕叹息的结局，于是想到求助于我。

我想了很久该如何回应他。莫里西先生小口饮啜杯中的茶，十分耐心地等待我的回答。我不禁想到若是回绝了他，福尔摩斯该作何感想。最有可能的反应是对我失望吧。

他会气恼地发问，"难道你从我的破案方法中没学到一丁点东西吗？"想到这些，我答应了我的当事人，然后陪同他一起回到伦敦东区的家。

我们的出租车行驶在伦敦蜿蜒的街道上，一路上车摇晃个不停，当啷作响。我绞尽脑汁回忆着福尔摩斯曾经教我的点点滴滴。首次破案时（《血字的研究》记叙的故事），他教我的第一件事就是在接近案发现场时，仔细观察脚印或地面上的其他痕迹，这点我铭记于心。所以当车开到莫里西先生住家所在的街道时，我让司机把车停在街尾，然后我们徒步过去。街道铺得很平整，一条小路直通莫里西先生住所的前门。最近这些日子没下过雨，但是我注意到一楼右手边的窗户下面有一簇受损的紫罗兰。剩下的花坛都整齐得无可挑剔。那簇紫罗兰离门前那条小路尚有很大距离，根据目前情况我推测，没有或者动物可以从小路跳到这里而不在花坛留下破坏痕迹。我也一度想过，也许这些只是巧合，与整件事件没有关系。但是花坛别处如此完好无损，实在难以用巧合去解释。我想起福尔摩斯的话，把所发现的最大线索归因于巧合对破案毫无益处。

"天哪！"当我询问起那簇受损的紫罗兰，莫里西先生叫了起来，"我都没有注意到，可怜的杰克森小姐，我的侄女，她一直非常用心地料理花坛。尽管她很少表露，但花坛对她而言十分重要，对她的心情也有很大影响。"

我留在原地细细思忖他刚才的话，莫里西先生急匆匆地进门，招呼他的侄女出来跟我打招呼。我随后进门，但比慌张的莫里西先生要镇定许多。

莫里西先生有位已故的姐姐叫艾琳，她的第二孩子就是杰克森•莫蒂默小姐。杰克森小姐个子不高，身材匀称，一头编织的金发几乎齐腰，给人一种礼貌和善的感觉。进门后我和莫里西先生一起走进房间，她正微倾着身子凝视一幅大尺寸的全家福。她当时的表情扭曲古怪，混杂着忧伤、愤怒与痛苦。显然她深深沉浸在自己的情绪中，并未察觉到我们也进了屋，直到莫里西先生冲她打了声招呼。

她十分惊愕，从凳子上一跃而起，并迅速换了一副表情。我瞥了一眼她的叔叔，他要么没有注意到她之前的神情，要么选择了无视。

杰克森小姐开始翻看相册，企图转移自己注意力，忘记刚才的古怪行为。我决定暂时不去询问她什么。

莫里西先生带我来到书本消失的房间，我请他给我一刻钟独处房间的机会，他欣然答应了。我没有浪费时间，马上从窗户边使劲探身出去，仔细研究窗底下那块受损的花坛。不一会儿，我就证实了自己的猜测。那本消失的书就埋在一片长草下面，而且很有可能这片长草是刻意栽培的；否则就是这片长草恰好长在最便利的案发地点，为小偷提供了绝佳的犯罪机会。我很快就把这种可能性排除了。一般的小偷不会把书藏在这么个"此地无银"的地方。而且莫里西先生之前也提到杰克森小姐经常料理这个花坛，这么说来，她有机会事先布好这个局来完成"作案"。现在最关键的问题是她没有作案动机。我还没来得及细细思考，门就轻轻地打开了，杰克森小姐一脸惊恐地看着我沾满泥巴的双手——手里是那本消失的书。

"你应该有什么事情要跟我说吧？"我想起福尔摩斯在这种情况下波澜不惊的声音，所以尽量也让声音保持镇定。

"把书给我，再让我保留二十四小时吧。"她说道："我向你保证，你到时就会明白我的苦衷，我没有做错什么……我只是希望维持家庭的安宁。"她脖子上金光闪闪的项链吸引了我的目光。

"请你先站在原地。"我说道，竭力使自己看起来冷漠无情。杰克森小姐默然点了点头。然后我把书放回到长草丛中，因为我不知道放在哪里更加合适。我也不知道接下来要做什么。

我拿出手帕擦了擦手，然后把帕子放回口袋，左手拿起她挂在脖子上那条金项链，原来有一个小巧的圆形金盒掖在衣领下面。

打开来看，金盒里面是一张照片，照片里有两位女士。一位年长女士，单独坐在高高的椅子上，手里拿着那本正躺在长草丛中的书，但看上去书要新得多：照片里书页刚刚有点泛黄，书脊上只有轻微的折痕。对面是位年纪尚轻的女士，身旁站着一位高个的年轻男子。照片里的年轻女士抱着一堆布，里面应该有个婴儿，她把孩子紧紧裹在胸前。

"那个孩子是你？"我指着那堆布，轻声问道。杰克森小姐点了点头，缄默不语。

那个年轻的女士大概就是她的母亲。可以看出两人的长相有相似之处。那个男子也许是她哥哥？因为照片中的男子十分年轻，不太可能是莫里西先生。杰克森小姐出生的时候，莫里西先生至少有二十岁，也许更大，一时还很难判断。询问后得知那位年长的女士是杰克森小姐的外婆。

那本书的价值因此得以揭晓，它是家传宝物。我很庆幸莫里西先生这一天没有遭受更大的损失，也没丢失其他珍贵的书。我走回窗前，再一次把书从花坛里捡了回来，放到迟疑的杰克森小姐手里，并告诉莫里西先生明晚我会带着最新消息再次造访。回到家中，我尽最大努力不去回想这件事。我不想再由这些判断猜测产生更多假想。我确信明天所有相关的证据都会摆在我的面前。

我猜中了。第二天下午两点，杰克森小姐打来电话。她声音很紧张，可见昨晚明显不如平时睡得安稳。我希望她不要因为我的举动遭受太多煎熬。

当然，我随身带上左轮手枪，以备不时之需。与夏洛克·福尔摩斯一道的那些日子，我已经了解到人的外表具有的强大欺骗性。但是我口风很紧，在将真相公诸于世之前，我不想吓到我的客人，她已经非常局促不安了。没有啰嗦，我的客人开门见山道来她的故事。

"我的父亲是一名海军，在我出生后三个多月便去世了。他生前与我舅舅是好朋友，真正的好朋友。外婆常说他们亲上加亲，与亲兄弟没啥两样。父亲去世后，把所有家产留给了母亲。舅舅连一枚纽扣都没得到。起先，他并没什么怨言。"

"当我长成少女时，舅舅的财产所剩无几。他的书本装订生意败落了，因此不得不搬家……自尊心阻止他向别人借钱。但他几番暗示过如果有人施以援手，他愿意接受。"

"母亲从来不善于察言观色，'想什么说什么'是她一贯的处事风格。我想她根本没注意到舅舅的暗示。但是舅舅却以为母亲无视他的境遇。从此很少与母亲来往，整个家庭渐渐疏远了。"

"莎士比亚是外婆最钟爱的作家。我一直搞不清楚为什么除母亲外，舅舅和汤姆都继承外婆对莎翁的酷爱。汤姆是我的哥哥。外婆去世时，没有留下任何遗嘱，所有财产自然归舅舅莫里西所有。母亲恳求舅舅把那本书给她，留做对外婆唯一的纪念。舅舅拒绝了；毕竟，她也没有给过他什么。"

"整整五年，母亲禁止我们提舅舅这个人或者他有多刻薄。她至死都对那本书念念不忘。舅舅出席了母亲的葬礼，我与他交谈起来。他早已忘记那本书，只是气恼母亲居然没有跟他联系过。不去打扰，不作纠缠，这是他的处事方式。他认定母亲那样做自有她的道理。等一切结束后，母亲会向他解释来龙去脉。"

"我告诉他是因为那本书的缘故。他听后十分愤怒，觉得这一切愚蠢之极，说完便夺门而出。我等了一个星期，然后登门拜访他。汤姆告诉我：一旦取得他的信任，就尝试把那本书拿回来，老家伙看上去又忘记了这回事。"

"事实是，当你与一个人相处久了，就会产生依赖感。而且我发现他没有忘掉那本书，同时他十分思念母亲。所以我打算拿走书的同时付钱给他，就当买走了那本书。我计划好一切：花坛里的藏匿地点，还有钱。正当我把钱放好的时候他进来了。我随口撒谎说在找简·奥斯丁的书，然后发现了那些钱。我知道他不会忘记那本书。果然他马上就发现那本书的失踪。你想象不到他出门速度有多快。几个小时后，他带着你一起回来了。"

我倚坐在凳子上，不知该如何处理眼前这个困局。

"求你了！不要告诉舅舅是我拿走了书，不然他会非常生气！我不想失去他对我的信任。"

坐在我对面这个女人顿时泪如泉涌，一时令我手足无措。我想过，不如不告诉莫里西这本书再也找不到了，让杰克森小姐拥有这本书。但是考虑再三还是觉得不妥。

我让赫德森太太陪着杰克森小姐，我则启程去拜访她的哥哥。他是位高个的年轻男子，但却秃顶了。我把整件事情告诉了他，问他是否愿意放弃那本书，让他妹妹可以重获内心的平静。他断然拒绝了，表明他已经付了钱，那本书理应归他所有。他绝对不会轻易让那本书留在令他讨厌的舅舅手里。我强烈谴责他的行为，但他不为所动。于是我不得不把他的意思转达给我的当事人。不过我不用费尽心思亲口告诉他了，他的侄女在我之前已经把所有的事坦白了。他不只像杰克森小姐害怕的那样生气，而是无比震怒。不过不是对她，而是对汤姆。待莫里西先生平静下来，我马上去花坛把书捡了回来。昨晚下过雨，书已经淋透了，书页全都黏到了一起。

看到书变成这副模样，杰克森小姐再次泪如泉涌。莫里西先生用专业的眼光看了一番，告诉大家书没法修复了。我用眼神征得他同意后，把书放到另一个房间的桌子上，准备一会回来就扔掉它。

不过好像不需要我动手了。莫里西先生谢过我，在没来得及扔掉书之前就把我请了出去，并承诺他自有安排。几个星期后，我收到一封杰克森小姐和莫里西先生合寄的信，说他们已经把原件寄给了汤姆，莫里西先生还替自己买了一本崭新的副本。莫里西承诺日后有关于书的需求，他会免费为我服务。他和杰克森小姐也成了我非常要好的朋友。

回想起来，如果是福尔摩斯，他该不会接这宗"平凡无趣"案子。但这却是我最津津乐道的一个故事。

绿皮手套的主人

【瑞典 莫拉】米歇尔·埃克斯

将近早上十点了，福尔摩斯与我刚从达利奇返回伦敦。四月清晨的天气清爽宜人，我的老朋友嘴角上扬，露出满意的笑容坐在那里。尽管工作了一夜筋疲力尽，他的喜悦还是感染了我。

"你肯定看到了什么，而我却错过了。"我说，火车驶进站。我们拿好行李下了火车，走进伦敦漂浮着尘埃的闪闪阳光中。

"华生，我们看到的并无二致。但我会用另一种心态看待事物。看，手套！"他笑着，从大衣口袋里掏出两只上好的绿色皮子手套。他把手套从里面翻出来在我眼前晃了晃，我看到上面杂乱地绣着大写字母 R.M.。

"被害者叫格雷戈里·巴尼斯（Gregory Barnes），他的名字首字母不是 R.M.。手套主人显然是以这两个字母开头的人。他一定是把手套落在了巴尼斯的客厅里。从上好的皮料和精致的手工来看，手套主人很有钱，而且我觉得手套不像是别人送的。"

"华生，分析得好！是，你说得很对。它们不是礼物。这个名字以 R.M.开头的人买了手套不到一年，十分爱惜。他膝下无子，但无疑正在追求一位女士：手套上还沾有女士香水的味道。看，有几根粗糙的棕色毛发夹在手套纽扣上，说明他肯定养了条狗。华生，我要请你帮我做件事。极其重要的一件事。"

福尔摩斯转过身走到我前面，挡住了我的道，眼神透露着急切，一看我就知道他想按照计划快点行事。毫不犹豫，我问他要我做点什么。

"我在其他地方工作的时候，你帮我跟踪一个人。他应该就在附近，身着蓝色骑马装，看上去很寒酸。留着灰白色的长头发，但走起路来精神奕奕，完全不像那个年纪的人。我在达利奇见过他几次。跟踪可能要花些时间，甚至一整天。你愿意吗？"福尔摩斯问到，手紧紧抓住行李包。

本来就没有拒绝的念头，加上正好无事可做，我欣然答应了他的请求。福尔摩斯点了点头，说要离开一会。还没道声再见，他就大步朝相反的火车站方向走去。

我在长凳上坐了下来，按照他的描述，眼睛留意着来来往往的人群。不一会，我就发现了一个寒酸、身着骑马装的人朝我这个方向走来，恰如福尔摩斯描述的形象。他在离我较远的一个长凳上坐下，我则尽量装作若无其事。

他在看报纸，我盯了他好一会，发现在温暖和煦的阳光中整个人都放松了。我的思绪飘回到前天巴尼斯警员被毒害的那个房间。他的房间明显被人搜过。现场并没有很乱，可以判断出作恶之人显然很快就找到了他的目标物。

那位老人突然站了起来，我看到他匆匆穿梭在拥挤的大街上，最后走进一家电报局。我保持着一定距离尾随其后，同时又生怕把他跟丢了。还好他似乎没有发现我，这让我倍感庆幸。

我随后钻进电报局，听到一些他和办事员的对话。

"再次感谢你的帮助，我需要你马上把这个发给他，谢谢。"他声如洪钟。

办事员发电报时他显得十分不耐烦。然后付了钱走出电报局，我继续尾随其后。他拐入一条小巷，我在拐角处等了等才跟上，以便与他保持距离。

跟踪他可真不容易。他在这个城市里又转又绕的，从西敏寺到卡姆登。我甚至怀疑他是不是察觉到被人跟踪了。正如福尔摩斯所说，对一个老人而言，他的步伐十分矫健。在杨槐路拐角处，他走进一家职业介绍所。这是他第二个停留地，我觉得最好还是不要跟得太紧，所以决定在外面等他。

街灯柱子上拴着一条大型棕毛犬。它友好地闻了闻我的腿，我摸了摸它的头。我注意到它脖子上有一个精致的绿色项圈，于是弯下腰来想细看一下。但我的手突然顿住了，那两个熟悉的大写字母——R.M.，赫然在目。

我一下子明白过来。我跟踪的这个人就是名字以 R.M. 开头的人，是达利奇凶案现场那双绿皮手套的主人。那是场看上去毫无动机的谋杀案，被害人是苏格兰场的一位警员。我终于明白了跟踪工作的重要性。

大本钟响起，已是晌午。没多久一个年轻男子从里面出来，解开狗链子就走掉了。我感到有些失望，刚才的猜想看来错了。过了几秒，那老人也出来了，像猫在太阳底下打了个盹刚刚醒来，伸了伸懒腰，然后步伐矫健地朝年轻男子消失的方向走去。

第三个地点，他来到普林姆罗斯山南路一家不错的意大利餐厅。我再次看到那条狗在外面等待着他的主人。到现在我也有点饿了，所以决定进去边吃边监视。

一个小时过去了，又一个小时过去了。突如其来地，老人向邻桌的人招了招手。我认出他就是狗的主人。他走了过去，两人像陌生人一样有一搭没一搭地说了会话，才渐渐熟悉放松下来。我这边用餐完毕，觉得有必须点杯酒喝，这样才不像是在跟踪。

我开始意识到有些地方不甚明了。也许这条狗的确是老人的，年轻男子只是带出来溜溜而已。但他们为什么吃饭的时候要分开坐？

我的酒还未喝完，两个人挽着胳膊起身离开了。我好奇到了极点，这宗案子比想象中有趣得多。

两个人信步穿过摄政公园，亲密地交谈着。因为在空旷的地方容易被发现，所以我觉得直接紧随其后有点愚蠢。我适当拉远了跟踪的距离。大半天过去了，已经快下午四点了，我还是没有发现任何可以指证 R.M. 就是凶手的重要证据。

我们在摄政公园东部一家绅士俱乐部前面停下。我手头没带多少现金，因此只付得起门票。我看到两人坐在华丽的舞台旁边，一群性感的年轻女人在台上热舞，她们艳丽的裙子在舞台中间飘扬着，舞向那个面目可憎的小提琴手。

我看到狗的主人紧抓着手杖。老人笑着俯身在年轻男子耳边说了什么，然后两人哈哈大笑。

我到现在都不知道福尔摩斯在干什么。他让我在整个伦敦跟跟去，究竟想从老人身上发现什么。我没有观察到他身上有什么罪犯行为，实际上，他就是一个再平凡不过的老头。

我朝他们那边挪了挪，想听听他们都聊些什么，但是他们的话题并无异常之处。老人看着那些可爱的舞女们，偶尔发表一下乏味的评论，但他明显不感兴趣、态度冷淡。相反，年轻人听上去很兴奋。他们的话题实在平淡无奇，很快我就失去了兴趣。

我们离开的时候将近六点。我开始感到疲惫。昨晚没睡觉，今天又走了那么多路，我的双腿备受折磨。我的思绪飘到贝克街舒适的客厅。现在来一杯白兰地再睡上一小觉，该有多么惬意。

我拖着两条腿转身准备跟着两人出来，但环顾四周不见他们踪影。我冲到外面去寻找，只见狗主人牵着狗往一条荒凉的街道走了，我跟丢了目标。怎么办？福尔摩斯肯定不会原谅我的失误！

正当我准备掉头返回贝克大街，身穿蓝色骑马装的身影一闪而过。黑暗中我及时跳进一堆纸箱里避免被老人发现。老人在离我仅有几英尺远的地方走过去。

他匆匆走向街尾，我紧紧跟着。我知道他已经发现我了，但我绝不能再跟丢他。颜色鲜亮的骑马装与灰黄的城市色调有着鲜明的对比，我很容易在黑暗中找到他。结果令我大失所望，他的动作十分敏捷迅速，我跟到一个废弃的小巷，已经不知他身在何处了。

我追着他艰难地翻过一个高栅栏。在落地不远处，我发现了一张纸条，捡起它再环顾小巷时，老人已经渺无踪影。

"做得很好，华生。等你回到贝克街时就会有收获。"我清晰地认出，这是福尔摩斯的字迹。

得知行动结束，我愉快地拿着包从小巷返回。回到了熟悉的大本营。

我拿出钥匙打开了贝克街221号B的大门，上了楼梯进到我们的房间。福尔摩斯还没回来；那一定是在追捕凶手。双腿疼得要命，我倒在沙发上，顾不得脱下满是灰尘的外衣。我摘下帽子用手理了理头发，开始考虑那个老人发生过什么，我没法确定他的身份就是 R.M.。

我刚给自己倒了杯白兰地，门就被推开了，一个穿着蓝色骑马装的人跌跌撞撞地闯了进来。

"是你！"我大叫一声，摸出我的手枪。那人怔了怔，开始大笑起来。我盯着他脱下帽子，然后摘掉头发和胡须……

"福尔摩斯！真的是你？"我说，因为太过震惊，我跌坐在沙发上。"我花了一整天时间原来是在跟踪你？这是为什么？"

福尔摩斯迅速褪掉装扮，我很高兴看到伪装成陌生老人的那个熟识的身影。"我会慢慢解释，但要先洗把脸。"

我帮福尔摩斯清洗掉脸上的土和胶，看到他真实的脸庞显露出疲惫。我们坐在沙发上，人手一杯白兰地，福尔摩斯开始讲述他不可思议的故事。

"相信我，我不是为了泄愤才这么做。只是觉得你需要锻练一下怎样跟踪别人，你的技巧最近变得生疏了。当你跟踪这个老人时，这个老人正在跟踪 R.M.。他叫理查德·摩斯（Richard Moss），是位会计，在卡姆登有一栋别墅。那条对你非常友善的狗也是他的。他爱慕一位女士，但不管他怎样用珠宝首饰去讨好她，都打动不了她的芳心。"

他顿了顿，大口喝下半杯白兰地。我惊讶地盯着他。

"摩斯就是我们要找的人。雷斯垂德正满大街跑着执行一件愚蠢的差事。他认为道森小姐的信才是值得追查的。摩斯已经在两年内连续谋害了三个人。在电报局我打听到他，两年前是个穷光蛋。而他从过去到现在一直嗜好喝酒，并且喜欢购买昂贵的狗。"

福尔摩斯继续讲述摩斯如何诱骗可怜的巴尼斯警员修改遗嘱。巴尼斯根本不知道改后的遗嘱会将他所有的财产都转到摩斯名下。

"在巴尼斯之前他还做过两宗大案？太可怕了，你是怎么知道的？"我大喘了口气。

"还记得几个月前在汉普斯特德被毒害的老太太吗？她曾经修改过遗嘱，但是已经找不到了。同样的事十八个月前发生在那个退休的海军上校身上。他就是靠这种伎俩赚到钱财和那栋卡姆登别墅的。我告诉摩斯今天到这来取他的手套。他应该……"

门铃响了一声，惊得我蹦了起来。"去拿手铐，快！他来了！"福尔摩斯冲到窗边往外看。

我匆匆跑进福尔摩斯卧室拿手铐。等我返回客厅时，福尔摩斯坐在沙发上，我们的客人卧倒在地板上失去了意识。他就是那条棕色大狗的主人。理查德·摩斯，一个会计。

"我去给雷斯垂德打电话，你在这里等我。他可能会醒过来挣扎到底，你一定要制服他。"福尔摩斯说着，拿起外套离开了。

被毁之书之谜

【美国 宾州门罗维尔】帕米拉·R·博迪奥克

从未想到，我的挚友夏洛克•福尔摩斯也会对那些待他不公的人心存怨恨和憎恶。作为这个时代顶尖的咨询侦探，固然很容易招致很多誓要血债血偿的敌人和对手。所以，即使冷静睿智如他，也难免对那些敌人心生愤恨，这是情有可原的。然而在我跟他相处的这些年中，好像还没有发生过类似的事。

因此一个五月的早上，当我陪伴福尔摩斯到萨里一个小村庄去见新客户，那个场面着实让我吃惊。通常来说，如果客户不住在伦敦，我们会先在贝克街的咨询室接待他。所以这次的行动让我觉得很不寻常。但这就是福尔摩斯冷静阴郁的行事风格。前往萨里的路上，我心下了然，这个案子在很多方面都非比寻常。

我们目的地是安德萧一处设计独特非同寻常的私人住宅。我们在富丽奢华的门厅等待主人。门厅有两层楼之高，墙上还装饰着豪华的壁炉。"福尔摩斯，"我选择无视他那张从出了伦敦就一路黑着的脸，开口说道，"究竟我们在等——"

还没说完话，客户就来了。一阵短暂的沉默，我惊讶地捕捉到福尔摩斯脸上一闪而过的复杂情绪：熟悉、犹豫、又有些不确定。最后，他的表情定格为出奇地冷峻与愤怒。

"希望你今天有个好心情，福尔摩斯先生，"主人彬彬有礼地说，并向我点头问好。"好久不见了，对吧？"

"八年了"，福尔摩斯回答，我惊讶地瞪圆眼睛。"或者说三年，看你怎么算了。"

"的确"，主人说道，声音里透出不寻常的悲伤。他身形庞大，几乎与福尔摩斯等高，但身体四肢比福尔摩斯健硕很多。他身着剪裁精致的西装，嘴唇上那两撇浓密的胡子梳理地很齐整，像荣誉旗帜一样挂在脸上，尤其引人注意。两撇胡子，如果他的表情不是如此阴郁，那整个人看上去要精神很多。

"我不得不说，你请我来着实让我吃惊。所有人当中，属你最清楚这其中的困难。"福尔摩斯说道。

"我也必须承认，请你到这来，我自己也挺惊讶，"眼前这位绅士冷静地说道。

"福尔摩斯，你认识这位先生？"我的眼神徘徊在这两人之前，狐疑地问。

"说'旧相识'更确切，华生。"福尔摩斯回答。他定定地看着我们的客户，脸上浮现出我从未见过的表情，一种令人胆寒的滔天怒意。"最近几年我们的来往确实少了。"

"我想应该介绍一下自己，"这位绅士走了过来，伸出手对我说道："我叫——"

"行了，省省这些客套话吧，"福尔摩斯冷冷说道："找我们来所为何事？"

主人僵了一会。"好吧，我请你来……是需要你的帮助。"

他说完后很长一段时间没有人说话。"你肯定在开玩笑。"福尔摩斯最后接过话。

"经过这么多年，我会无端地把你找来，仅仅为了开个玩笑？"主人说。"我向你保证，这不是玩笑。"

"那我很遗憾地告诉你，我跟我的同事目前不接待新客户。"说完福尔摩斯向大门走去，"很高兴参观你的府邸。"

"尊敬的福尔摩斯先生，"主人伸手紧抓住福尔摩斯的胳膊。虽然我的好友脸上没有表现出丝毫动摇，但我太了解他了，他深埋眼底的情绪在波动。

"也许我没有资格要求你的帮助，但我真的不知道还能向谁求助。"

"那我告诉你我爱莫能助！"福尔摩斯怒吼道。如果我不是早从他的眼神里观察到那股飙升的怒火，一定会被他那架势吓一大跳。

"福尔摩斯，这个人究竟是谁？"我再也受不了看着他发火却不明所以。"你们俩是怎么认识的？"

"我怎么认识他的，他曾经与我什么关系，这些都没有丝毫意义。"说着，福尔摩斯甩掉抓住他胳膊的手，"我现在看清楚他是什么样的人了，他是跟詹姆斯·莫里亚蒂教授一起、设计把我推入莱辛巴赫瀑布深渊的人！"

听到这些我顿时瞠目结舌，"这个人和莫里亚蒂是一伙的？"

"正是他让莫里亚蒂成为了罪犯网络里的中心人物，是他提供莫里亚蒂犯罪工具和资源，也是他让莫里亚蒂一步步找上我。华生，就是你眼前这个人。真相就是——他是幕后黑手背后的黑手。说他是疯子的创造者毫不夸张！"

福尔摩斯无缘无故的坏情绪终于有了解释。他们曾经的关系看来比泛泛之交、同事、甚至朋友都更为密切。这位客户看来不单单是罪犯，还是叛徒。"先生，您曾是福尔摩斯宿敌的同伙，现在竟然寻求他的帮助？"我质问道。

"我真不知道还能向谁求助了，"这位被福尔摩斯叫做"医生"的主人说道，"我们过去有过分歧，但是你不能否认，我尝试去补偿了——恕我无礼地这么说——我把你从之前设定的残酷命运中复活了。"

"可不是，"福尔摩斯说道，他的表情与声音都很冷酷。"所以你觉得：要我听从你的要求，是对你成全我人生和事业最微薄的报答，即使你还是那个想把'最后一案'中的两个人给解决掉的人？"

我不明白福尔摩斯这番话的意思，但是主人看起来稍稍轻松了一些。不一会，我们坐在了主人家宽敞的书房里，这间房被数不清的书架围得水泄不通。

"你也许知道，几年前我亲自设计修建了安德萧，"医生娓娓道来，说着习惯性地把胡子向两边捋了捋。"我和我的家人已经把这里当成了家，但留在这里最主要的考虑是萨里的地理位置。干燥的天气和宜人的气候是我们现在亟需的。"他说话的时候胡子两边下垂了一些，好像被内心的想法煎熬着，随后他继续说道，"这个我就不再赘述了；就是希望你能了解我的家人愿意不惜一切代价留在安德萧。"

"这个当然，我理解。你继续说。"福尔摩斯的声音令人捉摸不透。

"好的，福尔摩斯先生。"客户清了清嗓子，略微调整了下坐姿。"怪事开始于几周前。起先我一个人呆在书房，随后去拿落在画室的烟斗。我最多离开了三分钟，我回来后发现这些书散落一地，封面被扯裂，书页也被撕碎了。

"本来也就是个令人费解的偶然事件，也许是谁开了个过分的玩笑。但是整个事情发生得太离奇了，几乎让人无法相信，这使我越来越不安。我当时也就离开了几分钟而已，并且房子里只我一个人。"

这次轮到福尔摩斯按捺不住了。他不是个容易坐立不安的人，所以在我看来，这一举动表明他的兴趣不自觉被这件怪事勾起来了。"这些被毁的书是你自己的作品，所以我想即使被毁你也保留着它们吧。"福尔摩斯说。

"是的，我——"客户突然住口，然后缓缓对我的好友微微一笑，"我应该还没有跟你提到这些被毁的书是我自己写的。我也许不应该说，当然你有这样的推理，我也并不吃惊。"

我吃惊地看着我们的客户，没想到他不但是医生，还是位作家。

"这是最基本的推理，如果是别人的作品，你会说他们是被破坏了而非有人恶搞"。福尔摩斯故作漫不经心地说道，"你提到怪事是几个星期前'开始'的，所以我猜过去几周发生的怪事绝对不止这一件。"

"确实如此，"主人神情严肃地说，"那件事发生两天后，我的壁炉里塞满了无比恶心的垃圾，壁炉后的烟道还被堵住，室内臭气熏天。臭味还特别难以清理。不光这样，大门和楼梯都被涂上漆料，所幸它们不是永久性的。受损最为严重的是画室——所有的奖杯都被砸碎，收藏的海象牙也在劫难逃。几扇窗户也被砸碎了，上面有我和家人引以为豪的家族盾徽。"

"谁会是嫌疑人，作案动机又是什么，你心中有数吗？

"想不到什么嫌疑人，"主人摊了摊手说，"每次案发时，家里的佣人要么出去了，要么就在忙别的。家里没有被破门而入的痕迹。"

"恕我直言，你有没有想过——这是宗灵异事件？"福尔摩斯尖锐地问。

主人挤出一个笑容，"我没有排除任何可能性，福尔摩斯先生。你不是常说吗，当所有看似不可能的解释都被排除了，剩下最不可能的那件事也许就是真相？"

福尔摩斯挑了挑眉，没有吭声。过了一会，主人叹了口气，"我实在是毫无头绪，福尔摩斯先生，我只能说种种迹象表明，应该是个内贼，可我又不知道有谁值得怀疑。"

福尔摩斯眼神突然一亮，这个神情我最熟悉不过了。"请让我们仔细检查一下整个房子吧。"

福尔摩斯坚持从画室开始，随后依次检查剩下的房间。他全神贯注地检查着，摸了摸走廊上留下的污渍，又细细观察奖杯上的裂痕。整个过程他一言不发。最后我们回到了原地：书房。福尔摩斯要求进一步检查被损坏的书。

我接过主人递过来的雪茄，正准备点火，只听到福尔摩斯发出胜利的尖叫。我和主人转身望去，他站在书架前，手上拿着一本书。

"我一开始就猜到了，但是这本书证明了我的猜测就是事实。"福尔摩斯说着，把那本破损的书递到我们面前。我刚刚瞥见封面上"归来"一个词，书就被他啪的一声扔回书架。"我们一起去房子最底层，好吗？整个房子只有那里还没搜查过，我相信答案会在那里揭晓。我们可能要带上一根蜡烛——还有华生，把你的左轮手枪上好膛。"

我们走进地下室，福尔摩斯把食指竖在嘴唇中间示意我们安静。当下到狭窄的楼梯尽头，寂静中突然传来闷声一击。我们三人迅速转过身去，看到一个阴暗的身影蹲在角落里。不等他发动下一个攻击，我已经上前端起了左轮手枪。

猎物在昏暗中猛然顿住，我用枪示意他转过身去趴到墙上。他照做了。主人把蜡烛举高，当看到浓眉之下那双凶恶的蓝眼睛时，我的心狂跳不已——这张脸我无法忘掉。

"如我所料，"福尔摩斯淡定地说，"让我介绍一下吧，这位是巴斯蒂安•莫兰上校，已逝的莫里亚蒂的近身得力助手。"莫兰的眼睛里迸射出杀人的火焰——不是对福尔摩斯，而是对主人。

"你是如何猜到的，福尔摩斯先生？"主人吃惊地瞪着上校问道。

"这怎么会呢？"我问，手里的枪仍然对准莫兰。"医生——原谅我这么称呼你，先生——你曾经也是莫里亚蒂的同伙，又怎么会想到破坏者是莫里亚蒂的另一个同伙呢？"

福尔摩斯紧紧盯着正在咆哮的恶棍。"因为，我们的客户虽然跟莫里亚蒂有过勾当，但他与犯罪同伙的瓜葛仅此而已，绝不会像莫兰那种暴徒一般走火入魔。"

"但也可能是任何一个莫里亚蒂的同伙，"主人迷茫地问道，"究竟是什么让你起疑的？"

"你自己说过，"福尔摩斯扭头对主人说，"这个案子只可能是房子里的人做的。如果不是仆人，唯一的犯罪可能就是——这个你笔下的人物，来自于他最想摧毁的那本书。"

我依然疑惑地看着福尔摩斯，但主人好像已经了然。"但是，怎么知道是莫兰呢？"他问道。

"看到画室里那些被摔碎的奖杯时，我就心存疑虑，"福尔摩斯说道，"莫兰认为自己最重要的身份是猎人。一个如此享受猎取过程的人，把毁掉别人的奖品看做是对那个人最大的侮辱。当我看到那些被毁之书时，我证实了自己的假设。所有书都被严重损毁，只有那本《归来记》被撕成两半。莫兰的命运开始于那本书，那本我命运回归的书。"

"莫里亚蒂那么信任你！"莫兰冲着主人吼道，"你筹谋了一个完美的计划，让福尔摩斯从这个世上永远消失，结果你又背叛了自己！让这个世上所有罪犯的宿敌神奇复活了！"

"可是为什么要攻击我的房子？"相对于愤怒和恐惧，主人眼里更多的是疑惑。"像你这样的人若是铁了心要杀我，肯定——"

莫兰的怒吼打断了他，"我就没打算杀你，道尔医生。我要的是毁掉你，就像你毁掉了我！"

"所以你打破安德萧的宁静生活，以此破坏道尔作为一个作者所需要的平静内心与灵感来源。"福尔摩斯说。我注意到，从进这家门起，这是福尔摩斯第一次叫主人的名字。

"我本想在他终结和毁灭更多犯人之前扼杀他的灵感，福尔摩斯先生，"莫兰说道，"要是我动作再快点就好了。"

"本来的确如此。华生，现在你可能要帮我一起把上校押到楼上，等候当地警员的到来。"

那天晚上，在准备启程返回贝克街时，福尔摩斯再一次转向主人说道："我很想问你，道尔先生，这件怪事并非是那位被传已故之人做的，你失望吗？"从他的话中，我听出深藏的挑衅。

"福尔摩斯先生，你太小看我的信仰了，"主人转过身来，他的眼神中透出一丝柔情，"但是你对我太苛责了，毕竟没有人真的希望彻底失去一个朋友。"

福尔摩斯看着主人思索了一会，我看到两个人之间有片刻的理解交融。

"我在想你和你的同事将来还会进行咨询工作吗？"道尔继续说道，两撇胡子下闪现出一丝玩味的笑容。"我注意到另一个非常特别的案件，是关于诺伍德地区一些非同寻常的情况……"

"我非常乐意为你调查案件，道尔先生。"

之后我们启程了，我应该说很开心。从那天后，我的好友夏洛克·福尔摩斯和我成为了安德萧那栋房子的常客。

谋杀案

【美国 马里兰州银泉】卡拉·库布

缕缕阳光透过窗户照进房间，福尔摩斯和我坐着看书抽雪茄，享受着午后时光。

楼下传来一阵急促的敲门声。

"你在等人吗？"我把报纸放到一旁。

福尔摩斯抬起头。"没有。"

过了一会，赫德森太太把访客领了进来，是位中年女士，身上散发着聪明干练的气质。

"是福尔摩斯先生吗？"我们刚起身，她便问。

福尔摩斯微微躬了下身子，说："这位是华生医生，我的朋友及同事。先请坐，告诉我们昨晚的悲剧。"

她的手按住胸口，脸色变得煞白，双腿发颤。"您已经知道了吗？"

看到她的反应，我顿时也紧张了起来。"夫人，您先坐下来。我让赫德森太太泡杯茶。"

"谢谢您，医生。"她叹了口气，整个人瘫坐在椅子上。

福尔摩斯重新坐下，把腿搭在一起。"我只知道你先生去世了，你昨晚救了位受伤的人，还有就是你今早搭了早班的火车赶到伦敦。"

她点了点头。"您说的都没错，福尔摩斯先生。您的大名我早有耳闻，对您的聪明睿智我一点都不意外。先说重要的吧，我是约翰•莫莱斯太太，我得说我没有多少钱，但我会想办法支付您的……"

福尔摩斯打消了她付钱的念头，我则招呼赫德森太太送杯茶上来，继续听她讲述。

"我是亨利•安德萧医生的管家。他是位正派体面的人，一位尽心尽职的内科医生。几年前，安德萧医生的一位老朋友丹尼斯•沃勒普先生，提议要买他的房子和地产，医生一口回绝，两人为此大吵了一架。"

"直到昨天，沃勒普先生还念念不忘此事，并且一直在威胁安德萧医生。"

"医生作何回应？"福尔摩斯问。

"他十分苦恼，毕竟他俩曾经非常要好。"

赫德森太太端了个托盘进来，莫莱斯太太接过茶感激地点点头。我看到她脸色渐渐红润过来，示意福尔摩斯可以继续发问。

"昨晚发生了什么？"福尔摩斯急切地问。

"医生收到一张便条，并告诉我沃勒普先生傍晚会打电话过来，与他重归于好。"

"他对这个消息惊讶吗？"

"相当吃惊。沃勒普先生从来不会轻易改变心意。实际上……"她欲言又止。

"实际上什么？"我冲她微微一笑，让她直说。

"坦白说吧，他无比固执，并且有仇必报。"

福尔摩斯对她的回答很满意，"如果所有委托人都像这样实话实说，我的调查工作就简单多了，请继续。"

"昨晚，我在门口见到了沃勒普先生。我几乎没有认出他来，他变了很多，脸色灰黄、面容憔悴、眼窝深陷。我领他进了书房。当我走开时，听到书房的门被反锁了。"

"之后你做了什么？"福尔摩斯问。

"我回到卧室。当时很晚了，但我睡不着。因为沃勒普先生在房子里。"她双唇闭紧。"这也是件好事吧。不到十五分钟，我听到了一阵可怕的哗啦声，紧接着一阵重击声从医生的书房传了出来。"

"我冲到书房前，但门被反锁。我听到里面高声叫喊，紧接着听到一声尖叫。我试图用钥匙打开门，但手一直颤抖，好不容易才把钥匙插进锁眼，终于把门打开了。"

我往前挪了挪。"天哪，究竟发生了什么？"

"房间里一片狼藉。红木书桌翻了个底朝天，椅子七倒八歪，文件散落一地。"她颤抖地说道。"我看见安德萧医生直直地躺在壁炉边像死了一样。我的心跳顿时停住了，惊呆了！然后我看到沃勒普先生脸向下趴在靠窗的座位上，后背插着一把刀，血流得到处都是。"她定了定神，手紧紧攥着大腿。"那个画面让我恶心，真的非常恶心。"

"可不是！"我说，"当时肯定很可怕。然后你做了什么？"

"我冲向安德萧医生。还好，我看到他还有气，一颗心总算落地了。"

福尔摩斯伸了伸手，"请你描述一下他的衣服。"

她面带疑惑地说道："他的衣服皱巴巴的，不然我压根注意不到。"

"那他的手呢？"

"他的手很正常。"

"谢谢，请继续。"

"我向库可大喊，她正在厨房煮骨头汤。然后我把门僮叫醒，让他去找警员过来。"

"我检查了沃勒普先生的脉搏，他已经死了。"她吸了吸鼻子。"先生们，我以前也见过死人，知道尸体不好看，但是他的死相完全是另一回事。脸扭曲在一起，浑身散发着恶臭。"

"怎么个臭法？"我问。

"一种甜腻的味道，几乎令人作呕。"

福尔摩斯站起来，走到壁炉边。"他刚到的时候你有没有注意到这股味道？"

"恩，我确定，我注意到了。"

"我明白了。"福尔摩斯缓缓点了点头。"警员什么时候到的？"

"半个小时之内。在等他来的时候，我让园丁把医生扶到前厅。"她看着我说，"我不能把他留在地上，华生医生，尤其是沃勒普的尸体还在那里。"

我点点头。"我相信你是个谨慎的人。他的意识恢复了吗？"

"怎么说呢，不算是恢复。他焦虑不安，口里念念有词，冲他说话也没反应。他这里有个大肿块，"说着她指了指右太阳穴，"脸上还有淤青。"

"我一直坐在安德萧医生旁边直到警员到来。老天哪，那个场面混乱不堪，人来人往，发电报给这个那个，随后来了更多的警员，所有人都在房子里进进出出。"

"接近黎明了，医生动弹了几下，这时有个人敲门进屋。他叫阿瑟尔纳·琼斯，来自苏格兰场。"她厌恶地轻声说道，"就算是苏格兰场派来的又怎样，他可不是个绅士，直接掠过我就去摇医生的肩膀。"

"醒醒，"他说，"我有话问你，老兄。"

"我立刻制止了他！我可没让他的耳根子闲着。想想看，居然欺负一位受伤的好人，到底还是不是警察！"

"做得很好，莫莱斯太太。"福尔摩斯嘴角动了动，似乎在使劲憋着笑。

"如果我们都有这么一位忠实的保护者，该有多么幸运。"我调侃说。

她的双颊变红了，"等他可以比较顺畅地说话后，我就去把琼斯先生找来。他问话的时候不允许我在旁边。安德萧医生太善良了，我出去之前还让我放心，一切都会没事的。"

说着她眼里噙满泪水，从手提包里掏出手帕。"但还是出事了，福尔摩斯先生！我出了房间还不到五分钟，琼斯先生就架着安德萧医生出来了，他因谋杀罪被逮捕了。"

"除了些淤青，他的脸惨白如纸。他说他记不起那晚的事了，但他相信苏格兰场的调查，并让我给他的律师捎个信。然后琼斯先生就把他带走了。也许是剧烈头痛的缘故，他的脚仍然走不稳。"

"你为什么决定来找我？"福尔摩斯说。

"我早就听说过你各种侦案技巧。我告诉女佣警察离开后不要清理案发现场，然后乘坐了最早一班火车来到伦敦向您咨询。现在只有您能证明安德萧医生的清白！"她点头说道，"我把整个案子交给您，福尔摩斯先生。"

我们三人在伦敦滑铁卢站搭乘了下午的火车。下车后有辆双轮马车在等候，整个行程迅速之极，不一会就到了安德萧医生家里。福尔摩斯对这里的乔治亚建筑和修剪整齐的花园草草扫了一眼，就匆匆进屋了。我伸出手臂让莫莱斯太太先走，她则示意我跟上福尔摩斯。

我在书房里找到福尔摩斯，他跪在壁炉旁，研究围栏的一角。我看了看仍旧凌乱的房间，然后走到那个血淋淋的靠窗位子，这是沃勒普尸体躺过的地方。垫子和地上染满褐锈色的血迹。窗户紧闭着，一侧是厚厚的百叶窗。

莫莱斯太太站到我旁边，福尔摩斯起身，锐利的眼光把整个房间扫视了一遍。他走到酒柜前，弯下腰检查两个还剩下些红酒沉淀物的酒杯。检查完酒柜，他大步走向窗户，仔细察看垫子和百叶窗好几分钟。之后，他啪地握起双手，一个灿烂的笑容点亮了他的脸庞。

"莫莱斯太太，你说得对，安德萧医生是无辜的，谢谢你及时找到我。我会证明他的清白。"没理会她惊喜交加的叫喊，他继续说道："这个房间里一粒灰尘都不要动。"说完就转向我，"华生，我们必须赶上最后一班火车。明天，我们带着阿瑟尔纳•琼斯警员一起回来，揭露事实真相。"

当天晚上，福尔摩斯对白天的案子绝口不提，丝毫不露半点风声。所以我决定不去庸人自扰，安心享受丰盛的晚餐和辛普森酒吧的美酒。第二天早上，我在滑铁卢站与福尔摩斯和琼斯警员碰面。我不知道福尔摩斯怎样说服阿瑟尔纳•琼斯一道前来，总之方法很有效。

我们在车厢坐下，阿瑟尔纳•琼斯怒视着福尔摩斯，福尔摩斯则看着窗外的风景悠闲地抽着雪茄。警员转向我。

"医生，你说句话！这个人被发现的时候，手里的刀深深捅进被害人的身体。他明显就是有罪的。至少你先提示我一下你们发现了什么。福尔摩斯先生始终不肯开口。但我相信你比较厚道，不会把我蒙在鼓里。"

我笑着说："警官先生，这个我真帮不了。因为你知道多少，我就知道多少。福尔摩斯十分享受真相大白时带给大家的惊喜。"

除去警官一路上打不住的念叨，这趟旅程还算愉快，从火车站一路步行到医生家也很不错。

莫莱斯太太在门口迎接我们。她邀请众人喝杯咖啡，福尔摩斯拒绝了，不过琼斯警官好像很乐意来点提神的东西。我们走进医生的书房，福尔摩斯停在屋子中间。

"警官先生，"他语气平和，"请帮我重述一下那晚的案发经过，你找到了哪些证据，还有你与安德萧医生的对话。"

"你大老远把我从伦敦请来，就是为了让我告诉你我所知道的一切？"他不耐烦的诘问到。"很好，福尔摩斯。尽管医生记不起来什么，我来给你摆摆事实。受害者昨晚十点多来到这里，随后被领进房间。正如他便条里说的那样，他是过来和解的。之后两个人友好地喝了杯酒。注意看酒柜上的空酒杯。"他指着高脚杯说到。"他们聊了一会，但是医生不接受沃勒普的道歉。接着两人争执起来，拳脚相向。打斗时，家具掀到了，文案也散落一地。"

"盛怒之下医生失去了理智，抓起削纸刀捅向沃勒普后背。沃勒普抡起胳膊打了他一拳，他倒在了壁炉栅栏上，头部撞击失去了意识。沃勒普则当场毙命。"

琼斯同情地摇了摇头，"先生们，这些就是事实真相。"

"太棒了，警官先生！真的，非常精彩的复述。"福尔摩斯说。

"熟能生巧而已。"警官得意地一笑。

"是的。但你的结论彻底错了，因为你的结论建立在先入之见和肤浅观察之上。"

福尔摩斯无视警官愤愤不平的回应，继续说。

"有一件事你说对了：沃勒普的确是十点到的。但他不是过来和解的，他的目的是要这位昔日好友也不得安生。你好好想想！莫莱斯太太说过，沃勒普已经完全变了一副模样：面容憔悴，脸色极差。华生，你能推测一下他当时的身体状况吗？"

我开口回答福尔摩斯的问题，"虽然手头没有更多的报告，但我推测他得了一种让人越来越虚弱的慢性病。"

"他具体的病症现在不重要了。我们可以断定，沃勒普身体欠佳，并且他受强烈的病痛折磨着，因为他在到来之前吸食了少量鸦片。"

"鸦片？"阿瑟尔纳·琼斯摇摇头，"这个你无从得知。"

"味道，警官！绝对错不了。莫莱斯太太说过，沃勒普身上带着股甜腻的味道。事实上，你现在仍然可以从他尸体躺过的垫子上闻到那股味道。为了不让自己太过虚弱，他吸得不多，用量恰到好处，既可缓解疼痛，又可继续执行他的计划。"

"他到底有什么计划？"警官双手交叉于胸，盯着福尔摩斯。

"他的计划是让医生被误判为谋杀犯。"

虽然我和琼斯一样惊讶，但他犯迷糊的样子很是滑稽。

"但是福尔摩斯，"我说道："他们打斗过，证据就摆在这。你别忘了沃勒普背后被捅了一刀的事实，他可没法从背后捅自己一刀。"

"就是！"警官喊道，"这些事实都支持我的结论！"

"但是，他确实捅了自己后背一刀，"福尔摩斯说道，"丹尼斯·沃勒普是个冷血杀手，他想让安德萧医生承担被诬陷的谋杀罪。"

"那到底发生了什么？"我问。

"先生们，这些证据很清楚。沃勒普来到这里，医生接待了他。沃勒普希望他们的对话不被打扰，所以让医生把门反锁。就是那时，沃勒普一拳打在他头上，致使他昏迷，倒在壁炉旁边。如此一来，沃勒普可以随心所欲地执行他的计划。"

"他为什么不在医生无力反击的时候杀了他？"我问。

"那样的复仇太便宜医生了。沃勒普是个睚眦必报的人，他要的不是这样。我猜他已经发现自己不久于人世，所以想让医生也不得安生。他边阅读着医生的私人信件边喝着酒打发时间，一直等到整栋房子渐渐安静下来。"

"但是这有两个酒杯。"警官说道。

"一个人也可以用两个杯子，"福尔摩斯说，"警官，别忘了，他的用意就是让警察误以为两个人有一段很友好的对话。房子安静下来以后，他把刀卡在窗缝之间，刀刃向外——你可以看到刀柄上留下的刮痕——然后他掀翻家具并大声叫喊，貌似发生了一场打斗。"

"这才看得出来一个人的本性到底怎样，"福尔摩斯神情严肃地继续说，"他背对着窗户站着，刀尖顶着他的夹克，然后使劲向后倒在刀刃上。他用最后一口气站起来，为了把刀从卡住的地方拔出来。然后扑倒在座位上，死了。如果你仔细察看窗户，你会看见在他致命一倒的地方有几滴干涸的血迹。"

琼斯立马走到窗前的位置，眉头紧锁地观察着百叶窗，然后回过头说，"你说的都很对，福尔摩斯，但是你若想证明安德萧的清白，我需要更多的证据。"

"那还不简单，"福尔摩斯说道，"首先，仔细察看一下凶器的象牙手柄，会发现上面的刮痕与窗台缝隙之间的刮痕完全吻合。"

"你怎么知道是象牙手柄？管家告诉你的？"

"没那个必要。"福尔摩斯说，"窗台上还残留着一些象牙屑。他肯定事先调整过多次刀锋的角度，直到满意为止。其次，你昨晚也见到了医生，他的手和衣服上有半点血迹吗？"

警官的眉头锁得更紧了，"没有。"

"根据窗台上的血迹和他背后那把刀的位置，如果真是医生杀的人，那他身上不可能一点血迹都没有。沃勒普采取这种方式自杀就是为了把"朋友"送进监狱终身监禁。"

"我的天哪，"我嘟哝着，"这是个疯子。"

警官盯了窗台那个座位良久，然后深深吸了口气，"疯不疯都罢了，华生医生，他已经恶有恶报了。福尔摩斯，虽然我不想承认，但你确实说服我了。我会坐下一班火车回伦敦，撤销对安德萧医生的控诉。"

"福尔摩斯先生，华生医生！"莫莱斯太太站在门口紧紧握住我的手，"我真不知道该怎么感谢你们。"福尔摩斯躬了下身子，朝车道走去。

"也是我们的荣幸，"我答道，好不容易抽出手来，"我会永远感谢你给了福尔摩斯拯救安德萧医生的机会。"

玩具娃娃与其制造者

【英国 考文垂】帕特里克·金凯德

请用理智的触角紧抓住事实真相

玩具娃娃与其制造者不可能一模一样

——阿瑟·柯南·道尔

赫伯特向我求婚时，我装出十分吃惊的样子，用我曾经在剧院听过的那种女高音发出一声尖叫，逗得他眉开眼笑。他咧着嘴，露出银白色的牙齿。我在想是谁给了他这么白的牙齿：是学医的父亲还是过世的母亲？说是来自仆人的辛苦养育和精心呵护更有道理。他接下来所说的话才让我发自肺腑地高兴并尖叫起来。

"镇定点，亲爱的，"他说，"如果你拽着我去看你妈妈，我可不会高兴得跳起来。"

"她又不是著名作家。"

"不管著不著名，老家伙可不是好玩的人。这才是他的特点，懂吗？"

接下来的礼拜五，我们追赶着夏末的太阳，驱车驶向东南部的丘陵草原。赫伯特的笑话让我开怀大笑，一路上我的叫声盖过了发动机的隆隆声；赫伯特在乡间小路上疾驰，我紧抓着座位。过了罗塞菲尔德后，蜿蜒的小路变得平直，有段时间我们穿梭于小道，差点冲进一片长满新松的树林。在小山顶，我们看到了目的地：一栋城堡似的房子，像一件精美的艺术品：一道橡木双扇大门，房顶铺着深红色的砖瓦。

"这个房子是用《巴斯克维尔的猎犬》的稿费买的。"赫伯特说着，从车上跳下来。我们这些小辈可不习惯。"

"你小时候没住在这里吗？"

"当然没有。我住在一个有飘窗和山形墙的普通房子里，不是这个讨厌的城堡！"

一个面色红润的人出来帮我们提行李，赫伯特叫他比利。我从他身上看不到当年天真花童的影子，只能看到沉湎酒色的中年男子模样。进了双扇门，在门梁高高的门厅里，一位年约十三岁、身穿毛衫灯笼裤的小男孩冲我们打招呼。"是伯迪和他的女朋友，"他叫嚷着冲到城堡深处另一扇橡木门里。我们跟着他，走进一个很摩登的大厅，摆放着奢华的沙发，光壁炉就能住下伦敦贫民窟的一家人。

"这个穿得破破烂烂的叫爱德华。"赫伯特揪着小男孩的耳朵戏谑地说。小男孩边躲避边拍打着赫伯特肚子。"你脸上是什么，小叫花？"

小孩脸上有一个紫色的手印，跟手掌形状吻合。"爸爸打的。"

"你做了什么坏事，小叫花？"赫伯特说着去揪他的另一只耳朵。

小男孩一边躲着一边说。"我们在车里等妈妈，车就停在教区外面，我看到一个丑得跟猪一样的女人从店里出来。是真的，赫伯特，一样的朝天鼻，简直哪里都像。然后我对亚历克萨说，'看那个丑女人'。爸爸从座位上转过身来打了我。他说'世上没有丑陋的女人'。"

"他确实是个老古董，"赫伯特跟我说，"但你还是该打，小叫花。对了，这是……"

"我知道她是谁。"小男孩叫着，向另一个门跑去。

赫伯特摇了摇头，"遗传了他妈妈的活力。亲爱的，现在你需要整理一下吧。我要去打个电话，比利会带你去你的房间。我们半小时以后见？"

他吻了我一下走了，留下我和那位上了年纪的仆人。

比利领着我走向铺着红毯的楼梯，穿过深色格板的走廊，我一直留心房子的主人是否在家。而我听到的全是他嗡嗡的讲话声。他把我领到了一个房间，这个房间与其他阴暗的房间一样"明亮"，里面没有任何家具和隔板，也没有粉嫩娇艳的鲜花装饰。我在心里默数到二十后，又退回到走廊，像只西班牙猎犬昂着头站在那里。我太蠢了：既然早已知道我的目标人物仍然喜欢钢笔和墨水，就应该猜到不可能顺着敲打字机的噼啪声找到他。没过一分钟，我听到轻咳声。循声而去，在走廊另一头，有一扇半开的门。那里面有更多深色的木质家具，装饰着红色皮革；几箱摆放整齐的书，一张精致的书桌，一盏绿色底纹的台灯坐落其上：这是典型的伦敦哈利街咨询室的布置。屋子主人背对我坐着，拿着钢笔往墨水瓶里蘸了蘸，写完一页纸的最后几行。他头发花白，颈后头发都剃了上去，头顶有些稀疏。写完后，他放下笔打开抽屉，我以为他要拿新的纸出来，但他掏出来的却是一把左轮手枪，然后平静地把枪对准我。

"我的孩子从小就知道我在书房时谁也不准进来。"他说道："我的家仆也总是先敲门。我的妻子要到五点钟才会回来。这位小姐，我要你慢慢打开门，走进来。"

我照他的吩咐做了，我看到自己的影子从墙上移到了他的书桌。"我没想过要打扰您。"

他从椅子上站起来，枪仍然直直对准我，就像固定在三脚架上一样。"但你还是打扰了。"

"我想我应该自我介绍一下。"

"恰恰相反，你应该等着别人介绍你。"

他跟我预想得一模一样。应该说，是我小时候在侦探小说连载期刊上研究过的那些照片的升级版。高个子，两撇早期流行的胡子，身着定制的花呢西装，把他从喉咙到膝盖裹得严严实实。尽管岁月让他略显臃肿，眼神也不再清明，但他还是保持了一份硬朗的英俊。

"省去繁文缛节吧，"他说，"况且，我知道你是谁。"

我对着枪点点头。"那样的话，还有必要举着这个古董玩意吗？"

他嘴角露出一丝令人捉摸不透的笑意。"恕我无礼，我有理由提防偷偷接近我的人。"他把枪放回抽屉。

"博蒙特-亚当斯左轮手枪，型号442，"我说道，"别人也叫它韦伯利。"

"不时髦了。请坐吧，这样我也可以坐着。"

我坐到他所指的扶手椅上，他则坐回原来的写字椅。

"那么，你准备何时告诉我儿子，你答应订婚只是个幌子？"

我早就知道，现实中的他肯定比作品里展现的更为聪明。"最好的办法是我直接消失。"我说。

"现在？"

"明天早上六点。从罗塞菲尔德来的马车会在大门口接应我。"

他浑浊的眼睛仔细打量了我将近一分钟。"我猜想，你有稳定的收入，但是不多。"

"你不能说得再详细些吗？"

他的脸上又出现那种令人捉摸不透的笑容。"你扁平的指尖，"他说，"暗示了你经常使用打字机，但是你中指上有老茧，说明你也经常用笔写字。你鼻子两侧各有一道红色压痕说明你戴眼镜，可你现在并没戴眼镜，看东西也不眯眼，很明显只是在做严密工作的时候需要它们，如看读和写字。你白皙的皮肤告诉我即使晴天你也在室内工作。所以我的结论是，你是位文员，帮助资深学者打印作品以维持温饱。"

我努力让自己看上去表情严肃，"扁平的指尖可能是遗传，"我说，"拿铅笔画画也很容易在中指磨起老茧，视力不好可能是做针线活累的。而且我皮肤白还可能是患有贫血症。"

他挑起眉毛，"这么说来我都猜错了？"

我开怀大笑，"没有，全说中了。那可以换我猜猜您吗？"

他耸了耸肩，"很多人都知道我了。"

"那不见得。如果您想听，我可以说出那些隐藏在幕后的事情。"

他点点头，不过没笑，"我允许你说下去。"

"您的基督教名字，"我说，"是詹姆斯，不是约翰。"

他耸了耸肩。"当年刚开始写作时，没留神写错了。但这众所周知，继续说。"

"当年在阿富汗，您受伤的部位既不是肩膀也不是小腿，而是大腿根儿。"

"这次猜得好多了。"他说,"我的文稿代理人为了保全声誉撒了个谎,我后来都忘记了所以也就沿用了这个说法。还有吗?"

"您生长在罗马天主教家庭。"

这条让他吃了一惊,"是吗?"

我点点头。"在起人物化名时,您经常借用天主教版本圣经里的基督徒名字,像伊莱亚斯和以撒,你还借用爱尔兰天主教徒的姓氏,如莫兰和莫里亚蒂。"

"很好,"他说,"虽然最后一个不是化名。还有吗?"

"有,"我说。"您的第一段婚姻并不幸福。"

很长一段时间没人说话,他什么都没做,只是打量着自己的双手。两只手因患类风湿关节炎而肿起,像现在这样握在一起时,看上去像个硕大的热带坚果。他站起来朝大门走去。糟糕,交谈结束了!但他走到门前,反而把门关了起来。

"你十分鲁莽无礼,"他说,"但你说对了。我与第一任妻子初次相遇时,我们都自由自在,并迅速坠入爱河。"

"我读过相关报导,"我说。"像无数其他夫妻一样。"

他凝重的眼神闪过一丝亮光,"但只有你解读对了。你和另一个人。"

他的言外之意令我有些激动。

"我看出她对赫伯特毫不上心。万幸的是他体质好,才没什么大碍。即使身体健康,他都有可能活不下来。事实上我一直很好奇他怎样带着一颗破碎的心承受这一切。"

他试图转移我的注意力。

"您为什么不回我的信?"我说。

他盯着手指,十指交叉。"为什么要回?我每年收到的信成百上千。"

"但您知道我的信跟别人的不一样。"

他摇摇头。"没有任何办法区别出它跟别的来信。"

"但您还是知道的。"

他挺直后背,看着我的眼睛说,"你所要求的事是不可能的,现在还是不可能。你对这件事的感受,不是我首要考虑的。你的……"他停住了,然后继续说,"你写的这个人……"他彻底停住不说了。

"我能理解。如此备受摧残的身心肯定是有阴影的。但我知道您保护过他。即便他不需要,您还是像朋友一样在他身边。我从字里行间也能感受出来。我读了您新写的文章,他在眼前这个冲突里所做的……"

现在轮到他拒绝被转移注意力了。"你把詹姆斯与约翰搞混了。事业初期我所遵循的规则已经变了。现在我不可能描写法律不允许的罪行。至于你提到的文章,你要考虑它的目的：虽然里面没有彻头彻尾的谎言，但我必须要突出……"他又顿了一下，这次时间很短，"突出我的同事所拥有的能力，忽略他现在的过失。"

我又要说话，他双手支着头。

"唉，我希望我可以跟你想的那样成功保护他。但事实是，现实与我所写的早在几年前就脱节了。恐怕现在仍然这样：玩具娃娃与其制造者不可能一模一样。"

"他对你而言就是这样？"我当时非常生气，"一个娃娃？"

这明显不公平，他知道他可以不用回答。坐回椅子上，他甚至又笑了起来。"你长得像你妈妈，"他说道。

"她说我长得像他。"

他又仔细盯着我看了一下。"确实，你头发颜色很深。可以知道你的年龄吗？"

"二十二岁。"我说道。

他摇了摇头，"没想到……他们私通了这么久。"

"断断续续地。"

过了一会，他说："我一直密切关注着你母亲的事业。她现在仍能像战前一样在舞台上呼风唤雨。不管怎么说，你经常去看她吗？"

"几乎没有。"

又过了一会。"你用哪个姓？肯定不是你信上所署的那个。赫伯特还评论过。他跟其他男孩子一样孜孜不倦地读我的作品。"

"我经常用我母亲的真名，"我说，"但我也经常用你起的化名。有时候也用我父亲的。"

接着，他陷入一段长长的沉默之中。他望向窗外，阳光清晰地映着他的侧脸和前额上的沟壑。我都可以用那个时间算出他的年龄了。

最终，他开口说道："你是他女儿这一点，我没有怀疑过。你机智聪慧，对自己要求严苛，这可不怎么健康。你对他人的物品和感受也不屑一顾。"

我笑了：这才是他目前为止最精彩的推理。

"我曾经也跟他很要好，"他说道，"我曾是他的同谋，协助他用化名与无辜女佣签订假婚约。我好多次帮助他私闯民宅。我也见证过他担任法官和陪审团的角色，赦免了即将上绞架的犯人。"

"正如我所说的，您是他的挚友。"

听完他笑了，随即又严肃起来。"我现在不是他的朋友，也不是兄弟，我相当于他的监护人。他为身体所役，偶尔也为心所役。哎，他把心思放在他养的蜜蜂上。有时对时事发表几句睿智的评论，但更多时候，他只是把想法埋在心里。过去他会从一成不变中站出来，现在想这么做就要付出很沉重的代价。毕竟我们都老了。"他又紧紧盯着我。"你看起来像运动员，练击剑吗？"

我点点头。"母亲本想让我学唱歌，但我继承了其他天赋。"

"你没有学弹一门乐器？"

我摇了摇头。

"呼，起码这让人松了口气。"

我们话题已经扯远了，但我始终警惕不要太莽撞。沉默，才能让我发挥优势。"你的房子很壮观，"我说，"但是太与世隔绝了。"

他沉思了一会。"我的文稿代理人就住在附近。等你再长大些，就会知道，家庭更加重要……"说到这里他又自己打住了，我没有笑。他倒开怀大笑起来，"你着实继承了其他天赋！"说完他放声大笑。

"我并没有灌输给你这个想法。这是你自己的看法，而且你深信不疑。"

他整个神色焕然一新，耷拉的眼睛睁开了，眼神也变得清亮。"我当然深信不疑。"他说，"家庭、友谊和礼节，我们忽视了这些东西，把自己置身于危险境地。我们还忽视了亲切好客的品质。你应该整个周末都呆在这里。"

"你邀请我留下来？"

"我们不能让你天刚亮就爬起来偷偷离开。"星期一我会打几个电话看看事情有什么进展。我承诺会尽我所能在这件事上帮助你。我之前不回应你是出于关心。但是我现在明白了，那样做是错的。

我不知道该说什么才好，说"谢谢"明显分量太轻。走廊传来了脚步声，有人在喊我名字，打破了我的尴尬。主人再次站起来打开了门："你找的人在这儿，赫伯特。"我未婚夫走到门口便停滞不前：我体会到这个长期以来的门禁之威，也意识到自己是多么荣幸。身形瘦弱的赫伯特站在他身壮如牛的父亲旁边，瞪大眼睛来回看着我们。"相互认识了吧？"

"是的，"他父亲说着，拉着他的胳膊把他带进房间。"你知道吗，赫伯特，我有个朋友曾说过，生活永远比你想象得更加离奇复杂。"

"你有个朋友？"赫伯特难掩嘲弄，"你是说你有的唯一那个朋友吧？"

他的父亲听出了嘲弄的意味，但没有责备他，反而把抓着胳膊的手放到他的肩膀上，顺势拥抱了他。从赫伯特的表情可以看出，这个拥抱多么地出其不意：他看上去十分困惑并夹杂着一丝恐惧。

"赫伯特，我必须直截了当地告诉你，我不能同意这桩婚事。原因我等会告诉你，现在我要把这位小姐当作朋友介绍给你。一位值得交往一生的挚友：她的身世决定的。赫伯特，现在不许问问题。我们吃过饭再详谈。"

赫伯特看着我，希望我能给他解释。他脸上没有了恐惧，只剩下更深的疑惑。

"这都是真的，"我说，"我们不可以结婚。因为……怎么说呢，因为我们是骨肉至亲。"

主人点了点头。"是的"，他说，"这种形容很恰当。这位小姐是我们的家人。现在趁太阳还没下山，我们一起去花园里走走。赫伯特，不要生气。我们要珍惜今天余下的每一点时光。"

我们三人离开了房间。赫伯特和我都在想着另外那个人。

军事机构里的鬼魂

【英国 肯特】格雷厄姆·库克

2011 年 9 月 1 日，弗吉尼亚州，美国国防部五角大楼。

"9.11"事件十周年纪念日的筹备工作已经完结。帕里克·门多萨将军坐在位于庭院一侧的办公室里，看着五角大楼 2.3 万员工信步向阳光明媚的五角形庭院一边走去，有些人停下来与旁人交谈，有些则沉浸在自己的思绪中。

门多萨将军看着面前堆积如山的邮件。

"什么？！"他打开一封特别的邮件，自言自语道。

邮件大意是总统行程的一条主要路线发生变动，他要确保所有相关军事人员得知这一变动。"该死的情报局，"他喃喃自语道，"早点通知我们就好了。"

他按下电话机的内线按钮，联系他的私人秘书。"杰米，请保存所有传入呼叫，还有给我太太打个电话，我……"门多萨将军的电话突然中断了。

办公室里的灯开始激烈地闪烁，电脑屏幕上的画面也颤抖起来，新装修的窗户时不时自开自关，办公室角落里静音警报灯闪起耀眼的红色警报。

"这是……？"将军环顾四周，被这一系列电器的混乱状态搞懵了。

"怎么了？"杰米在电话那头问道。

门多萨将军没有回话。他看着电脑屏幕上新弹出的窗口，界面很大——上面有个计时器。

5… 4… 将军什么也做不了，只能盯着屏幕上跳动的数字… 3… 2… 1… 数字最后停在 0。

杰米绷紧神经听着电话那头发生了什么。一声很响的咔哒声，接着一阵磨碾声。

"喂？有人吗？"她听到将军大声喊道。

她听到东西移动的声音，像拖椅子的声音和脚步声。之后一片死寂。她耐着性子等了一分钟，紧接着电话那边传来一声巨响。

她连忙冲进办公室。"将军？"她环顾着空荡荡的房间轻声唤道，声音里透着绝望。

作为安全部长，鲍威尔少校竭力平息局势。肯定是电脑病毒，但不知道病毒如何通过了防火墙，对五角大楼军事级安全系统造成极大混乱。门锁胡乱地打开又关上，整个楼内报警器都在乱响。

整栋大楼被设定为一级防范禁闭。人员禁止出入直到问题得以解决。大楼里所有工作人员需要分批登记和搜查。

到凌晨两点，只剩一个人还没登记——帕里克•门多萨将军。

2011 年 9 月 12 日：伦敦，贝克街 221 号 B

"看来双塔大楼的周年纪念办得不错，"华生说。他把报纸叠起来，转向对着壁炉台上一座海狸像发呆的福尔摩斯。

自从赫德森太太在门口的包裹里发现了它，福尔摩斯就一直在研究。包裹上没有任何注释和地址，所以（福尔摩斯说的）很显然，包裹是有人亲自送来的，而且肯定是给住在 221 号 B 的人。

但是这个海狸还是让人眼前一亮——它靠后腿支撑站立，右前爪举着一只烟斗放进嘴边，左眼带着单片眼镜，头上还戴着一顶小小的装饰猎帽。这形象让华生感到滑稽，却让福尔摩斯感到迷惑。

"我说 9 月 11 号的周年纪念办得不错，"华生又大声说了一遍，试图从呆若木鸡的福尔摩斯那里得到一点回应。

"嗯？"夏洛克咕哝着。

"算了，算了。"华生把报纸翻到一边，露出头版，写着醒目的标题："美国从未遗忘"。

门铃响了。华生没有动作，想看看铃声是否能否唤回这位"伟大侦探"的生命迹象。

"叮，叮"门铃又响了。

"哦，我应该去开门，是吧？"华生略带讽刺地说。

"嗯？"

摇了摇头，华生向门口走去。

门铃再次响起。"听到了，听到了，这就来了。"华生不耐烦地应道。

打开门，四个身着黑色西装，白衬衣，打着黑领带的人站在门口。

"夏洛克•福尔摩斯在吗？"其中一位用美音开口说道。

"让他们进来。"夏洛克的声音从华生背后传来。

华生退到一边，看着这几人从他身边走过，进了客厅。

夏洛克仍然站在壁炉旁研究那只神秘的海狸，听到他们进屋后转身对着这些人，敏锐的目光挨个打量了一番。

在所有人都没开口之前，夏洛克说道："你们是美国政府的人。FBI？不，不，很明显不会是 CIA。你们的举止，着装，还有翻领上那些小徽章说明你们来自情报局。但情报局的人为什么会在英国？总统并没有访英，所以你们没有必要到这里来。"

夏洛克的目光定格在华生扔在一旁的报纸上。"啊，跟'9.11'周年纪念有关吧。但会是什么呢？"

"先生！"一名男子急切地说。"我们时间紧迫，一小时后就要上飞机。"

"哦，好的。"夏洛克打了个响指，"我想我是要跟你们一起走了？"

"是的，美国政府请您过去。具体情况会在飞机上向您汇报。"

在长达八小时的飞行途中，夏洛克与华生了解了情况。不出夏洛克所料，四人确实是来自中央情报局，他们在执行国家特别安全事件（NSSE）下属的国土安全任务。

虽然没有见报，但五角大楼在"9.11"十周年之际遭受了可疑恐怖袭击。袭击过后，一位工作人员失踪，目前已确认是绑架事件。当局解释说将军当时在用内线电话与私人秘书通话。秘书说将军听上去像在跟谁对话，然后她听到一些奇怪的声响，应该是挣扎声。

但是整个过程没有人进入他的办公室。他，还是失踪了。

夏洛克与华生乘坐一辆不起眼的老式黑色厢式小轿车，来到了五角大楼。这对王牌搭档被护送到一处入口，随后被领到里面。

刚进大楼，两个人就被带到安检处，虽然安检人员均装备精良，但这里与任何一个机场安检处没有多大区别。工作人员与访客要经过金属探测器，箱包要通过 X-光仪扫描。

过了安检，夏洛克和华生见到了鲍威尔少校，他把一干人等领进离入口安检处不远的安全控制室，一路上另有两位军官护送。

简单介绍之后，第二轮情况汇报开始了，比在飞机上的汇报更加深入。

夏洛克得到一位政府官员的特别邀请（但他们不知道是谁），协助调查袭击者如何潜入五角大楼，继而绑架国防部多萨将军，并顺利避过了所有监控摄像头。

一位在控制室工作的官员解释说，这个系统监视控制着警报器、摄像头和电磁安全门。

"袭击过程中发生了什么？"夏洛克问。

"我们的警报器和安全门失控了。"官员回答。

"但是监控摄像头完全未受影响吗？"夏洛克询问。"就没有一次暂时中断吗？这个问题你必须很具体地回答。"

"摄像头的所有录像可以说明——没有故障、中断或任何不寻常的事情发生。"鲍威尔回答。

"好极了。"夏洛克回答，这让在场的人都有些惊奇。"找到病毒来源了吗？"

"我们已找到了病毒袭击的来源，是一位对我们不满的旧雇员。他当年负责安全程序设计，对系统了如指掌。我们扣留了他，但他拒不说出门多萨将军发生了什么，也不说出幕后推手是谁。"鲍威尔少校回答。"你想盘问他吗？"

"不必。我不需要盘问他。"夏洛克说。"但我需要看看将军的办公室。"他补充说。

再一次由鲍威尔少校带头，两位军官护送着华生和夏洛克穿过五角大楼的走廊。每条走廊与门厅似乎都有一个主题。或是纪念各种冲突纠纷、或是纪念人道主义任务，或是纪念某些服务机构分支。他们走到一条墙上贴满信纸与大事记的走廊。

少校说这是"9.11"事件里受到袭击的走廊之一，上面的文章是由受害者家人、学校或社区所写；是对悲剧发生那天的永恒纪念。

一干人等走过"9.11"纪念走廊，来到另一个走廊，然后进入到一个前厅。鲍威尔解释说这是门多萨将军私人秘书的办公室。她的桌子自事件发生后便空空如也。

门多萨的办公室配有一位高级军事官员应有的装饰布置。房间铺着栎木细工镶板，一进门紧挨右手边放着书架。正对着门口的是一扇长窗，透过它可以看到中央庭院的靓丽风景。房间的左边是门多萨将军古旧却耐用的书桌，后面墙壁上装饰着一幅风景照，正是五角大楼的俯瞰全景。

"袭击后任何东西都没动过。连电脑都跟案发时一样一直开着。"鲍威尔说。

夏洛克没有说话，像以前一样在脑海里重构当时的场景。他在房间里踱步，检查着书架、书桌附近还有窗外的景象。

"看起来古香古色的，"华生说，试图打破安静。"跟我想象的美国军人办公室不太一样。"华生想说些轻松点的话缓解一下气氛。

"每样老古董都是精挑细选的。"鲍威尔简要说道。

"1998 至 2011 年，五角大楼大幅整修过一番。"夏洛克仍在检视房间，说道："所有设施都更新到现代化标准，包括防护措施、装饰甚至窗户。作为军人，我以为你会知道呢，亲爱的华生。"

夏洛克推了推牢固的双层窗。所有旧窗户都在整修时换掉了。出于安全和节能的考量，窗户都被封死。

"很好，"夏洛克评论道，"我要再看一次安全控制室。"

在五角大楼的一间盥洗室外面，夏洛克小声惊呼道："你们有没有发现五角大楼的厕所比正常情况要多？"

华生、鲍威尔少校和两位军官都疑惑不解地看着夏洛克。

夏洛克继续说，"没错，最初建筑师为大楼设计了种族隔离设施，'黑人'有专门的厕所。但罗斯福总统在大楼落成前进行巡视，命人撤去所有'白人专用'标志。五角大楼是当时整个弗吉尼亚州第一座，也是唯一一座禁止种族隔离的建筑。"随后夏洛克疾步走近厕所，"可以跟我来吗，华生？这里还有段美国历史。"夏洛克说着走进厕所。

华生迟疑地看看身后的美国官员，耸耸肩，跟着夏洛克进入男士盥洗室。

"这俩个英国佬，真搞不懂是不是'同志'。"一位官员开玩笑道。

"夏洛克！你疯了吗？"华生厉声说。"我们在厕所干什么？"

夏洛克的说话声音变得急速而低沉。"我需要你先呆在这里，然后设法到门多萨将军的办公室去。一旦你到了那里，就等着看是否有怪事发生。"

"为什么？"

"因为我预感我会因为接下来的事而被扣押。如果没有你在办公室，我不可能解开这个谜案。"

"你从来不能用简单的方法解决，是不是？"华生绝望地说。

夏洛克镇定地走出洗手间，向众人解释华生在厕所有点要"解决"。少校带着夏洛克回到控制室，留下一位军官等待护送完事的华生。

返回控制室，夏洛克对鲍威尔少校说，"现在，我们需要再现那天发生的事。"

"什么？"鲍威尔难以置信地说。

"我需要你启动警报器，并打开安全门。"夏洛克提出请求。

"绝对不行！"鲍威尔。

"你到底想不想知道发生了什么？"

"福尔摩斯先生，我已经对你很有耐心了，你要么告诉我现在怎么回事，要么让我把你请出去。"鲍威尔命令道。

"好吧，这很显然不是一宗绑架案。"福尔摩斯不容置疑地说。

"你什么意思？"

"对方没有对五角大楼或门多萨将军进行恐吓或提出要求。你们的监控摄像头也没有被破坏，办公室的窗户也没有裂口——没有人可以在不经你发现在情况下进出这间办公室。"福尔摩斯说着，在控制室里来回踱步。"这说明门多萨将军还在他的办公室里。"

夏洛克打住了，没有继续往下说。他突然扑到旁边一个操控台，按了几个预先研究好的按钮。

华生在洗手间里等着，走廊上警报突然响起。"开始了。"他心想。

华生啪地一下夺门而出，向外警去，门外等候的军官离开厕所正往控制室跑去。

华生赶到门多萨将军办公室。房间里很安静，厚重的木门将警报声隔离在外。这里没有任何改变——一切如旧。

在房间转了一圈，华生来到书桌前坐下，静候夏洛克或者气恼的军方人员。忽然间，电脑显示器退出了睡眠模式。一个新窗口打开了，里面出现一个计时器。华生一直盯着直到数字变零。一阵很大的咔哒声响起，接着是磨碾的声音。

华生转身，只见身后靠近窗户的墙面向一侧滑去。出于好奇，他走向那扇先前隐藏的门，屏住呼吸，里面似乎散发着刺鼻的味道。他捂住鼻子，发现自己置身于一间狭小的侧室前。华生迈了进去。

房间跟办公室后墙一样长，位于挂画的墙壁后面。看上去像是一种安全房。按下开关，灯嗡嗡地闪烁着亮起，好像很久没有用过。

现在可以把房间看得更清楚了，华生慢慢地向前走去，看到一具穿军装的中年男子尸体。凑近一看，徽章上刻着的称谓："门多萨将军"。华生简单检查了一下尸体，发现将军很可能是窒息而死。

刚要转身离去，滑门哐当一声重重关上了。

华生尽可能镇定地掏出手机。但是没有讯号；要么是安全房屏蔽了信号，要么跟五角大楼的安全措施有关。华生知道某些高级军事建筑里使用信号屏蔽，以防止不受监视的交流。

"该死！"他喊道。

环顾四周，他终于在门多萨尸体上方的墙面上看到一个有着各色按钮的小仪表盘。稍松一口气，他一个接一个地按下按钮。但是按键没有引起任何反应。或许电路被切断了，或许年久失效了。

"什么？！不！"他大声喊道。

华生最后只能敲打大门。房间回荡着巨大的金属声响，他希望有人可以听到。随后华生回望门多萨将军的尸体：窒息身亡，这说明房间是密封的，而且很可能是隔音的。

弥漫着将军尸体腐烂气味的空气变得越来越令人窒息。华生倒在了地上，他知道窒息随时可能发生——他会眩晕并丧失意识。但他无能为力。

他的呼吸变得愈发吃力，可以感觉到眩晕的侵袭，他慢慢失去了意识……

安全房的门向一侧滑开。两个男子的身影进来，把华生拖出了房间。

华生发现自己躺在门多萨将军的办公室里，鲍威尔少校与其他四位官员站在四周。夏洛克站在安全房的门边，戴着手铐。

"你能活着很幸运。"鲍威尔一边说，一边扶着华生站起来。

"要是你们不拦着我，我可以更早赶到。"夏洛克粗鲁地咕哝道。

"别逼我，福尔摩斯先生，"鲍威尔打断道，"我们只是给你戴上手铐，算你走运了。现在是时候好好解释你们的所作所为了。否则我要控告你们。"

夏洛克叹了口气说，"相信大家都知道，五角大楼是在二战时期建成的。所以像门多萨这样的高级军官，他们的办公室极有可能建有另外的安全设施——比如这种安全房。"夏洛克指了指隐藏的房间。

"月初事件发生时，警报系统被启动，一些安全门被打开——包括我身边这扇门。正当门多萨将军跟秘书通话时，门自动打开了。"

"跟你们一样，我相信将军也不知道这个房间的存在，以为有人从里面开的门。于是进去看个究竟，"夏洛克解释着，扫视众人一番，看大家是否跟得上他的推理。"现在，根据你们的程序，整个大楼进入一级防范禁闭。我想安全房的门也锁住了，并切断紧急供应的空气，这意味着将军将无法打开那道门，并最终窒息身亡。"

"这种事情以前居然被忽视了，真是荒唐。"少校说道。

"是吗？"夏洛克挖苦道。"这是极有可能发生的情况，整修大楼、更新安全系统时都可能被忽略。"

"我能想象到，五角大楼最初的蓝图有些特别设计。别忘了，它是在历史上规模最大的一场战争中建造的；美国政府肯定不希望精确记录这栋最新最大军事建筑的蓝图落入轴心国军队手里。"

"那么将军的死……"鲍威尔问道。

"完全是场不幸的意外。"夏洛克说道。"你的前任雇员要对病毒负责，但他没有恶意伤害门多萨将军。而且我估计他只是独自作案。"

"这个不为人知的安全房应该不受一级防范禁闭的控制才对。它在你们的系统中是个反常现象。它也可以被称作机构里的鬼魂。"夏洛克冷笑着结束了对话。

2011 年 9 月 18 日：伦敦，贝克大街 221 号 B

"亲爱的夏洛克，你哥哥来了。"赫德森太太的声音从门厅传来。

夏洛克对这句话嗤之以鼻。他从壁炉台上拿起海狸像坐到扶椅子上，佯装入神地研究着。

迈克罗夫特•福尔摩斯走进客厅，冲华生点头微笑了一下，坐到沙发上读起报纸。华生也礼貌性地点头回应。

"打扰了，夏洛克，"迈克罗夫特说道，"在我回家的路上，有人托我给你带个信儿。美国政府很感谢你那天的帮助"。夏洛克坐在椅子上动了动，像孩子般发出一声咕哝，仍旧目不转睛地盯着海狸。

"那好吧，"迈克罗夫特再次尴尬地笑了笑。"不打扰了。"迈克罗夫特转身要走，忽然停下，回头对夏洛克说："哦，看到你如此喜爱我的礼物，我很高兴。"

夏洛克疑惑地抬头看着他哥哥。

"我就知道你会迷上它。"迈克罗夫特又笑了笑，朝华生眨眨眼，然后离开。

夏洛克低头看着困扰了他很久的海狸。"该死的！"他大叫一声，像小孩一样愤怒地把它摔在地上。

二号斗篷党迷案

【英国 桑德兰】杰克·福礼

　　过去的 23 年，我一直与夏洛克·福尔摩斯这位伟大侦探合作。在我们处理并记录在案的 120 多起案件里。没有一宗案子比二号斗篷党之谜更为扑朔迷离。这是夏洛克·福尔摩斯接手的最后一宗案子，对方把他的推理演绎法反用在了他身上。

　　那是 1904 年冬，我与第二任妻子维奥拉移居到了乡村。清空了贝克街的家当，我在乡村把生活调理得有滋有味。好几个月不见福尔摩斯，再次回到贝克街，他整个人的状态令我忧虑万分。

　　"啊！"他叫了声，几乎没抬头，"亲爱的华生，快请坐，相信你的旅程一定十分愉快。"

　　"你真是一点都没变，福尔摩斯。最近都在忙什么？"我问着，顺便找了个位子坐下。我注意到他脸上的疤痕。他把文件一扔，抬起头看向我。

　　福尔摩斯告诉我，他差一点就把欧洲最危险的犯罪团伙绳之以法，这个团伙在过去一年里至少犯案七次，且都是凶残的谋杀案。上周五他们计划谋杀一位富有的苏格兰医生，这位医生现居伦敦。福尔摩斯打算来个瓮中捉鳖。

　　福尔摩斯和我聊了几分钟，赫德森太太领着雷斯垂德探长进来了。跟往常一样，我的老朋友对他的到来毫不感兴趣，冷冷地问道：

　　"探长先生，今天又拿什么小事来打扰我？"

　　"罗德·阿什当被杀了。"警官答到，并进了屋。

　　"你为什么觉得我有必要为此事费心呢？"福尔摩斯反驳到。

　　"他的尸体上附有一封信，指名是给你的。"

　　"华生，"福尔摩斯从椅子上一跃而起，显然是被这起案子勾起了兴趣。"既然你人在伦敦，可否陪我一道调查这起案子？"

　　离开贝克街有段时间，我巴不得再有机会配合福尔摩斯调查新案子。四轮马车早已候在外面，我加入了老朋友和探长的行列。在路上，我向他们描述了一星期前见到受害者的情况。那天我的朋友兼前任上司查尔斯·哈丁先生举办晚宴。他是位彬彬有礼的绅士，对我以及我们查案的故事倍感兴趣。

　　雷斯垂德还告诉我们，受害者尸体躺在房中央，衬衣上留有一个殷着血迹的子弹孔。除家具外，房间已被彻底清空，福尔摩斯说这个举动是敌人在极力掩饰犯罪动机。

　　我们来到伦敦北部那间空房子，正如之前所说，尸体上面附有一封给福尔摩斯的信。福尔摩斯看了一眼，把它递给了我。

亲爱的福尔摩斯先生：

我们相信你已经看到了这封信。由于你的干涉，我们不得不执行我们的计划。最近这几个月，我们学了很多你的演绎法，非常感谢你承接这宗案子。

"到底什么意思，福尔摩斯？"我把信放到桌上问。

"去年十一月，因一场恐怖的连杀三人案件，我查到一个潜伏在伦敦的犯罪团伙——二号斗篷党，这算是我侦探生涯中遇到的最危险的组织之一。我了解到他们当时正在精心谋划全英最大的一宗抢劫案。为了将他们绳之以法，我需要一些证据。所以接下来几个星期，我扮作一个无家可归亟需工作的流浪汉，取得了他们的信任，帮他们办一些跑腿的差事，并最终成为组织的一员，定期与他们在泰晤士河底一个废弃的隧道见面。"

"他们让我参与了机密事件，"说着福尔摩斯在尸体旁边蹲了下来，"我得到了想知道的信息，他们还告诉我作案计划；这个星期五，他们要谋杀罗德•阿什当，一位富裕的苏格兰医生，现居伦敦。我做好万全的准备。但是他们似乎早发现了我的真实身份，提前了计划。他们愚弄了我，令我做的一切成了竹篮打水。我也不能相信他们提供的任何信息。相对于我的空手而归，他们是将计就计，对我了如指掌。"

"你打算怎么办？"我问。福尔摩斯在房间里来回踱步，试图寻找各种蛛丝马迹。

"他们知道我所用的演绎法，所以我不可以相信任何摆在我面前的证据。他们知道我想找什么。"

福尔摩斯解释说，根据少之又少的犯罪痕迹来看，唯一可以判断的是昨晚共有五个人。他们的来和去都采用了不同的方式，拿走了不同的东西。查过房间后他发现壁炉旁有水渍。可见他们是在仓促中熄的火。从中弹的位置来看，阿什当那时正坐在火堆旁，凶手是从窗外射杀他的。所以罗德•阿什当看不到凶手。

福尔摩斯给我的朋友哈丁先生写了封短信，吩咐我回贝克街收集一些资料，然后把资料和信一起交给哈丁先生。福尔摩斯和探长一起去了苏格兰场。按福尔摩斯的指示，探长调派了一些警员到哈丁先生的住所周围。福尔摩斯明确告诉我，送完信后，在大英博物馆与他碰面。

我回到贝克街整理好文件，带着信一起到了哈丁先生家。正如福尔摩斯要求的，房子周围部署了好些警员。我把信交给了哈丁先生。

到达博物馆时刚过六点。福尔摩斯在馆内等我。见面后他带路朝后面一个储藏室走去，我紧随其后。雷斯垂德探长与一干警员在储藏室等候福尔摩斯下达指示。

"我估计他们会在八点左右出现，"福尔摩斯说道："他们今晚的行动十分冒险，估计他们的头儿不会出现。至于另外四个人，我大致可以比较准确地预料到他们的行动。其中两个人会从底层西侧不同的窗户进来，目的是引所有的守卫或警员到建筑的另一侧去。他们在那里只呆一小会儿，根本不够时间偷任何东西。雷斯垂德，如果你想抓住他们，就要保证你的人隐藏起来，直到犯罪团伙进来。一旦他们进来，你必须动作起速。"

"另一个人会走储藏室的门，也就是我们进来的这扇。我有预感他是这里的工作人员，可以在博物馆随意走动，所以他可以到东侧二楼的另一个储藏室去。他的行动是找到猎物然后打开窗户；最后一人会在下面接应猎物。他是位年轻的运动员，负责把猎物带回藏匿处。"

"探长，现在，"福尔摩斯神情严峻地看着雷斯垂德，"我建议你编好警队，确保在罪犯发现圈套之前一网打尽。有把握吗？"

"一定尽力而为，福尔摩斯先生。"雷斯垂德回答。

我和福尔摩斯留在储藏室。如他所料，八点钟犯罪团伙果然来了。雷斯垂德一举将他们擒获，押到外面的四轮马车里，带回苏格兰场。我们跟他道了别。福尔摩斯开始跟我讲述整个案子的细节。

"尽管二号斗篷党的终极目的是制造假信息给我，引我走向错误的思路，但我仍然从极少的信息中拼合出了大部分案情。首先，亲爱的华生，你提到过上周你与罗德•阿什当还有哈丁先生共进晚餐。我知道哈丁先生很喜欢读你写的侦案记录，你也经常给他看尚未发表的手稿。这些记录详细描述了我的破案方法和办过的案件。上周你给他看了几个，其中之一记录了我们发现一个价值连城的古埃及器物，你应该记得那件古器物在从开罗博物馆运往大英博物馆的途中被盗了。我们找回了古器物并送回大英博物馆。你把整件事写了下来，还把所采取的安保措施一并记上。"

"上周你把这些资料给了你的朋友。我猜想大概在你走后，哈丁先生把这些文件送给了罗德•阿什当看，因为他也对你的故事倍感兴趣。他把文件拿回家里从头阅读了一遍。二号斗篷党获悉后，希望拿到这些文件，以便进一步了解我的演绎法。犯罪团伙研究我的方法有一阵子了，他们毁灭了所有证据，企图将计就计，用伪造的证据将我引入歧途。我们知道阿什当是坐在火炉旁被人从窗外射杀，看来他当时正在阅读文案。罪犯把他的尸体移到地板上掩盖这个事实。他们带走了房间里所有东西，为的就是掩盖他们真正偷走的东西。但他们带走所有东西恰恰又说明了他们偷走的是我所知道的东西。"

"从窗外射杀阿什当恰好也暴露了他们的计划。杀罗德•阿什当的人一定是这个团伙的主要成员，他还被委以带走文件的任务。任务结束后他肯定会抄最近的路返回。他朝西南方逃去，说明藏匿点是在塔维斯托克广场附近，靠近博物馆。很明显，他们想从文件里得知保护古器物的防卫措施，如此大费周章不可能仅仅是想得知我的演绎法，特别是他们还曾经一周见我一次。我感觉他们的下一步计划是杀害哈丁先生，但我推测他们已经预料到我会介入此事。我让你给哈丁先生带去的资料里面就有他们想知道的内容。我故意把哈丁先生家弄得警卫森严，让他们误以为我认定他们要杀哈丁先生。实际上我比他们提前了一步。"

"我希望他们看到哈丁先生家那些警卫时可以提前推进计划。我、雷斯垂德和警员从无人注意的储藏室大门进入博物馆，因为我猜到他们会从文件中找出安保漏洞伺机下手。通过阅读文件他们可以研究出最佳盗宝路线。"

"太绝了，福尔摩斯！"我大声叫道，"现在就差一步了，揪出这个犯罪组织的主谋。"我们决定去二楼存放古器物的储藏室看看。它存放在一个极小的木质箱子里。福尔摩斯掀起盖子，可是谁也没料想到，古器物竟然不在那里，取而代之的是一封信。福尔摩斯读了一遍，把信扔在地上默默离开了博物馆。我在后面大声喊他，捡起那封信。

亲爱的夏洛克·福尔摩斯：

我必须在此恭喜你；过去几周你证明了自己是一位难缠的对手。好几次你都差点成功毁掉我的计划。可是很遗憾地告诉你，你今晚保护的古器物已经运送出国，同时我也一起离开了。昨晚干掉罗德·阿什当之后，我的同伴们抄一条相当远的路才到达我们见面的地点。这给了我充分的时间来盗宝。我知道今晚来这里的人陷入了你们圈套。

我一直很想亲自会会你，但很可惜没有这个机会了。我通常是伪装一番跟你交流，或者让我的代言人跟你交流。几年前你在瑞士见过一个代言人，他不过是个替身。你以为他就是真的我，击败了他并令他葬身莱辛巴赫瀑布。

自打那件事和塞巴斯丁·莫兰上校被捕之后，我不得不隐藏行迹。我庞大的万恶帝国也随之分崩离析。从此我花数年时间研究你的演绎推理法，设计了一个最终可以击垮你的计划——以其人之道还治其人之身。我成功逃脱了你的追捕，游戏结束。我已经带着古器物离开了英国，不再回来。

詹姆斯·莫里亚蒂教授敬上

吃惊地读完这封信，我离开了博物馆。天色已晚，赫德森太太肯定没来得及准备好我的房间，于是决定在附近的旅馆过夜。

第二天早上，我的双轮马车停在了贝克街221号B的外面。我很担心我的朋友。他被打败了，被将计就计地设计了。这种情况往往预示着一件事。出人意料的是，我看到福尔摩斯坐在壁炉旁，身边放着两个大行李箱。

"亲爱的华生，"他抬起头，"我一直惧怕，也许有一天我不能再从事这项特殊的职业。我自始至终都有个一个挥之不去的疑虑，就是也许哪天一个狡诈至极的罪犯用我自己的方法战胜了我。事实证明詹姆斯•莫里亚蒂教授就是那个人。好多次不同境况下，他都打败了我，他是个非常危险的对手。这样想来，我决定退休了，不再当这个世上唯一的咨询侦探了。"

"这么多年来，我的哥哥迈克罗夫特在苏塞克斯经营了一片小农场，离伊斯特本西部只有五公里。那是一个闲适的小地方，可以俯瞰英吉利海峡。迈克罗夫特今天早上把农场移交给了我，我可以永久居住在那里。我的马车整点到达，带我离开伦敦。"

整点时分，赫德森太太告诉我们有辆马车候在外面。福尔摩斯熄灭了火，从椅子上站起来，拎起行李。他走到书桌前，打开最上面那层抽屉，拿出他最珍贵的财产——艾琳•艾德勒小姐的照片。福尔摩斯戴上他的猎帽，转身，离开了公寓。

我呆呆地定在那里一会，脑海里浮现出这个房间里处理过的种种案件:小舞人之案，花斑带之案，红桦庄探案。还有向福尔摩斯求助过的各色人物，亨利•巴斯克维尔先生，薇奥丽特·杭特小姐，波西米亚国王。福尔摩斯已经成为了全伦敦以及伦敦以外人们心中的救星，一位遇到困难不得其解时向求助的人。

我最后看了看这个房间，看了看空空的书桌，在那里我记录了他所收到的各色奇特的礼物，在那里记录了六十余篇我与他探案的故事，如惊险恐怖的《巴斯克维尔的猎犬》。想到我曾经书写这些故事的地方将空空如也，并最终难逃荒废的厄运，我黯然神伤。我跟着老朋友走到外面。

福尔摩斯坐上双轮马车。虽然仍是以前那副冷漠、有点可恶、没有任何情绪和怜悯的面孔，我看得出即将离开贝克街的他埋藏眼底的深深忧伤。

"我想让你拿着这个，我已经不再需要它了。"他说着递给我艾德勒小姐的相片。

"福尔摩斯，我不能接受！"我拒绝到。

"我这次是永远地退休了。我不想把任何能勾起办案记忆的东西留在身边。我想由你保留，权当我们一起共事过的纪念吧。再见了，亲爱的华生。"

福尔摩斯坐着马车走了，消失在伦敦的晨雾里。这是他最后一次离开了伦敦。最终的别离。别了，贝克街221号B。别了，空落落的夏洛克之家。

网站链接

安德萧柯南•道尔故居保护基金会　www.saveundershaw.com

夏洛克学会　　　www.sherlockology.com

MX 出版社　　　www.mxpublishing.com

　　更多有关阿瑟•柯南•道尔爵士和安德萧的故事，可阅读艾力斯特•邓肯最新力作《全新的国度》（稿费全数捐赠安德萧柯南·道尔故居保护基金会）。

　　艾力斯特曾因《诺伍德的作家》荣获 2011 年豪利特文学奖（年度最佳夏洛克·福尔摩斯图书），他是英国顶尖的阿瑟•柯南•道尔爵士研究专家。

谢辞

　　特别感谢朱尔斯、艾玛、雷弗、大卫、雅克琳、格雷厄姆、艾力斯特和史蒂夫对本书出版给予的大力帮助。

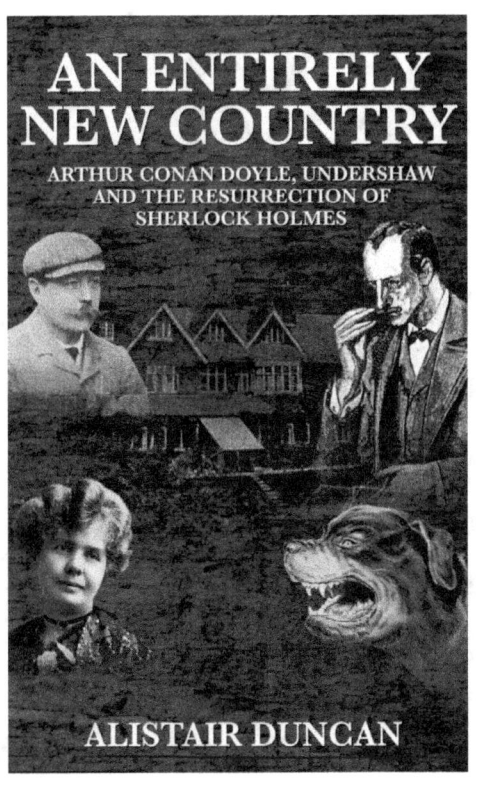

BENEDICT CUMBERBATCH

In Transition

Lynnette Porter

AN UNAUTHORISED PERFORMANCE BIOGRAPHY

THE
AMATEUR
EXECUTIONER

DAN ANDRIACCO
KIERAN MCMULLEN